U0115012

水滸傳

冊四

施耐庵 著

北京聯合出版公司

第四十一回　宋江智取無爲軍　張順活捉黄文炳

前回寫吴用劫江州，皆呼衆人默然授計，直至法場上，方突然走出四色人來。此回寫宋江打無爲軍，却將秘計一一説出，更不隱伏一句半句，凡以特特與之相异也。然文章家又有省則加倍省，增即加倍增之法。既已寫宋江明明定計，便又寫衆人個個起行，不寫則衹須一句，寫則必須兩番。此又特特與俗筆相异，不可不知也。

打無爲軍一一事宜，已都在定計時明白開列，入後正叙處，衹將許多「衹見」字點逗人數而已。譬諸善弈者，滿盤大勢都已打就，入後衹將一子兩子處處劫殺，便令全局隨手變動。文章至此，真妙手也。

寫宋江口口恪遵父訓，寧死不肯落草，却前乎此，則收拾花榮、秦明、黄信、吕方、郭盛、燕順、王矮虎、鄭天壽、石勇等九個人，拉而歸之山泊，後乎此，則又收拾戴宗、李逵、張横、張順、李俊、李立、穆弘、穆春、童威、童猛、薛永、侯健、歐鵬、蔣敬、馬麟、陶宗旺等十六個人，拉而歸之山泊。兩邊皆用大書，便顯出中間奸詐，此史家案而不斷之式也。

一路寫宋江使權詐處，必緊接李逵粗言直叫，此又是書家所謂反襯法。讀者但見李逵粗直，便知宋江權詐則庶幾得之矣。

寫宋江上梁山後，毅然更張舊法，别出自己新裁，暗壓衆人，明欺晁蓋，甚是咄咄逼人。不意筆墨之事，其力可以至此。

話説江州城外白龍廟中，梁山泊好漢小聚義，劫了法場，救得宋江、戴宗。正是晁蓋、花榮、黄信、吕方、郭盛、劉唐、燕順、杜遷、宋萬、朱貴、王矮虎、鄭天壽、石勇、阮小二、阮小五、阮小七、白勝，共計一十七人，領帶着八九十個悍勇壯健小嘍囉。潯陽江上來接應的好漢，張順、張横、李俊、李立、穆弘、穆春、童威、童猛、薛永九籌好漢，也帶四十餘人，都是江面上做私商的火家，撑駕三隻大船，前來接應。城裏黑旋風李逵引衆人殺至潯陽江邊，兩路救應，通共有一百四五十人，都在白龍廟裏聚義。衹聽得小嘍囉報道：「江州城裏軍兵，擂鼓摇旗，鳴鑼發喊，追趕到來。」

那黑旋風李逵聽得，大吼了一聲，提兩把板斧，先出廟門。衆好漢吶聲喊，都挺手中軍器，齊出廟來迎敵。劉唐、朱貴先把宋江、戴宗護送上船，李俊同張順、三阮整頓船隻。就江邊看時，見城裏出來的官軍約有五七千，馬軍當先，都是頂盔衣甲，全副弓箭，手裏都使長槍；背後步軍簇擁，摇旗吶喊，殺奔前來。這裏李逵當先輪着板斧，赤條條地飛奔砍將入去，背後便是花榮、黄信、吕方、郭盛四將擁護。花榮見前面的馬軍都扎住了槍，衹怕李逵着傷，偷手取弓箭出來，搭上箭，拽滿弓，望着爲頭領的一個馬軍，颼地一箭，衹見翻筋斗射下馬去。那一伙馬軍吃了一驚，各自奔命，撥轉馬頭便走，倒把步軍先衝倒了一半。這裏衆多好漢們一齊衝突將去，殺得那官軍尸横遍野，血染江紅，直殺到江州城下。城上策應官軍早把擂木炮石打將下來。官軍慌忙入城，關上城門。衆多好漢拖轉黑旋風，回到白龍廟前下船。晁蓋整點衆人完備，都叫分頭下船，開江便走。

却值順風，拽起風帆，三隻大船載了許多人馬頭領，却投穆太公莊上來。一帆順風，早到岸邊埠頭。一行衆人都上岸來，穆弘邀請衆好漢到莊内學堂上，穆太公出來迎接。宋江等衆人都相見了。太公道：「衆頭領連夜勞神，且請客房中安歇，將息貴體。」各人且去房裏暫歇將養，整理衣服器械。當日穆弘叫莊客宰了一頭黄牛，殺了十數個猪羊，鷄鵝魚鴨，珍肴异饌，排下筵席，管待衆頭領。飲酒中間，説起許多情節。晁蓋道：「若非是二哥衆位把船相救，我等皆被陷于縲紲！」穆太公道：「你等如何却打從那條路上來？」李逵道：「我自衹揀人多處殺將去，他們自要跟我來，我又不曾叫他！」衆人聽了都大笑。

宋江起身與衆人道：「小人宋江和戴院長若無衆好漢相救時，皆死于非命。今日之恩，深于滄海，如何報答得衆位！衹恨黄文炳那厮，無中生有，要害我們，這冤仇如何不報！怎地啓請衆位好漢，再做個天大人情，去打了無爲軍，殺得黃文炳那厮，也與宋江消了這口無窮之恨。那時回去如何？」晁蓋道：「賢弟衆人在此，我們衆人偷營劫寨，衹可使一遍，如何再行得？似此奸賊，已有提備，不若且回山寨去聚起大隊人馬，一發和學究、公孫二先生，并林沖、秦明都來報仇，也未爲晚矣。」宋江道：「若是回山去了，再不能彀得來。一者山遥路遠，二乃江州必然申開明文，幾時得來，不要痴想。衹是趁這個機會，便好下手。不要等他做了準備，難以報仇。」花榮道：「哥哥見得是。然雖如此，衹是無人識得路徑，不知他地理如何。可先得個人去那裏城中探聽虚實，也要看無爲軍出没的路徑去處，就要認黃文炳那賊的住處了，然後方好下手。」薛永便起身説道：「小弟多在江湖上行，此處無爲軍最熟。我去探聽一遭如何？」宋江道：「若得賢弟去走一遭，最好。」薛永當日别了衆人，自去了。

衹説宋江自和衆頭領在穆弘莊上商議要打無爲軍一事，整頓軍器槍刀，安排弓弩箭矢，打點大小船隻等項提備，衆人商量已了。衹見薛永去了五日回來，帶將一個人回到莊上來，拜見宋江。

宋江并衆頭領看見薛永引這個人來，宋江便問道：「兄弟，這位壯士是誰？」薛永答道：「這人姓侯名健，祖居洪都人氏。江湖上人稱他第一手裁縫，端的是飛針走綫，更兼慣習槍棒，曾拜薛永爲師。人都見他瘦，因此唤他做通臂猿。現在這無爲軍城裏黃文炳家做生活。因見了小弟，就請在此。」宋江大喜，便教同坐商議。那人也是一座地煞星之數，自然義氣相投。宋江便問江州消息，無爲軍路徑如何。薛永説道：「如今蔡九知府計點官軍百姓，被殺死有五百餘人，帶傷中箭者不計其數，現今差人星夜申奏朝廷去了。城門日中後便關，出入的好生盤問得緊。原來哥哥被害一事，倒不干蔡九知府事，都是黃文炳那厮三回五次點撥知府，教害二位。如今見劫了法場，城中甚慌，曉夜提備。小弟又去無爲軍打聽，正撞見侯健這個兄弟出來食飯，因是得知備細。」

宋江道：「侯兄何以知之？」侯健道：「小人自幼衹愛習學槍棒，多得薛師父指教，因此不敢忘恩。近日黃通判特取小人來無爲軍他家做衣服，因出來行食，遇見師父，題起仁兄大名，説出此一節事來。小人要結識仁兄，特來報知備細。這黃文炳有個嫡親哥哥，唤做黃文燁，與這文炳是一母所生二子。這黃文燁平生衹是行善事，修橋補路，塑佛齋僧，扶危濟困，救拔貧苦，那無爲軍城中都叫他黃佛子。這黃文炳雖是罷閑通判，心裏衹要害人。勝如己者妒之，不如己者害之。衹是行歹事，無爲軍都叫他做黃蜂刺。他弟兄兩個分開做兩處住，衹在一條巷内出入，靠北門裏便是他家。黃文炳貼着城住，黃文燁近着大街。小人在他那裏做生活，打聽得黃通判回家來説：「這件事，蔡九知府已被瞞過了，却是我點撥他，教知府先斬了然後奏去。」黃文燁聽得説時，衹在背後駡，説道：「又做這等短命促掐的事！于你無干，何故定要害他？倘或有天理之時，報應衹在目前，却不是反招其禍。」這兩日聽得劫了法場，好生吃驚。昨夜去江州探望蔡九知府，與他計較，尚未回來。」宋江道：「黃文炳隔着他哥哥家多少路？」侯健道：「原是一家分開的，如今衹隔着中間一個菜園。」宋江道：「黃文炳家多少人口？有幾房頭？」侯健道：「男子婦人通有四十五口。」宋江道：「天教我報仇，特地送這個人來。雖是如此，全靠衆弟兄維持。」衆人齊聲應道：「當以死向前。正要驅除這等臟濫奸惡之人，與哥哥報仇雪恨，當效死力！」宋江又道：「衹恨黃文炳那賊一個，却與無爲軍百姓無干。他兄既然仁德，亦不可害他。休教天下人駡我等不仁。衆弟兄去時，不可分毫侵害百姓。今去那裏，我有一計，衹望衆人扶助扶助。」衆頭領齊聲道：「專聽哥哥指教。」

宋江道：「有煩穆太公對付八九十個叉袋，又要百十束蘆柴，用着五隻大船，兩隻小船。央及張順、李俊駕兩隻小船，在江面上與他如此行。五隻大船上，用着張横、三阮、童威和識水的人護船。此計方可。」穆弘道：「此間蘆葦、油柴、布袋都有，我莊上的人都會使水駕船。便請哥哥行事。」宋江道：「却用侯家兄弟引着薛永并白勝，先去無爲軍城中藏了。來日三更二點爲期，衹聽門外放起帶鈴鵓鴿，便教白勝上城策應。先插一條白絹號帶，近黃文炳家，便是上城去處。再又教石勇、杜遷扮做丐者，去城門邊左近埋伏，衹看火起爲號，便下手殺把門軍士。李俊、張順衹在江面上往來巡綽，等候策應。」

宋江分撥已定，薛永、白勝、侯健先自去了。隨後再是石勇、杜遷扮做丐者，身邊各藏了短刀暗器，也去了。這裏是一面扛抬沙土布袋和蘆葦油柴上船裝載。衆好漢至期，各各拴縛了，身上都準備了器械。船艙裏埋伏軍漢。衆頭領分撥下船：晁蓋、宋江、花榮在童威船上，燕順、王矮虎、鄭天壽在張横船上，戴宗、劉唐、黄信在阮小二船上，吕方、郭盛、李立在阮小五船上，穆弘、穆春、李逵在阮小七船上。衹留下朱貴、宋萬在穆太公莊，看理江州城裏消息。先使童猛棹一隻打漁快船，前去探路。小嘍囉并軍健都伏在艙裏，大衆莊客水手撑駕船隻，當夜密地望無爲軍來。那條大江，周接三江，潯陽江，揚子江，從四川衹到大海，一派本計九千三百里，作呼爲萬里長江。中間通着多少去處。有名的是雲夢澤，鄰接着洞庭湖。當夜五隻棹船裝載許多人伴，徑奔無爲軍來。此時正是七月盡天氣，夜涼風静，月白江清，水影山光，上下一碧。昔日參寥子有首詩，題這江景，道是：

驚濤滚滚烟波杳，月淡風清九江曉。欲從舟子問如何，但覺廬山眼中小。

是夜初更前後，大小船隻都到無爲江岸邊，揀那有蘆葦深處，一字兒纜定了船隻。衹見童猛回船來報道：『城裏并無些動静。』宋江便叫手下衆人，把這沙土布袋和蘆葦幹柴，都搬上岸，望城邊來。聽那更鼓時，正打二更。宋江叫小嘍囉各各駄了沙土布袋并蘆柴，就城邊堆垛了。衆好漢各挺手中軍器，衹留張横、三阮、兩童守船接應，其餘頭領都奔城邊來。望城上時，約離北門有半里之路。宋江便叫放起帶鈴鵓鴿。衹見城上一條竹竿，縛着白號帶，風飄起來。宋江見了，便叫軍士就這城邊堆起沙土布袋。分付軍漢，一面挑擔蘆葦油柴上城。衹見白勝已在那裏接應等候，把手指與衆軍漢道：『衹那條巷便是黄文炳住處。』宋江問白勝道：『薛永、侯健在那裏？』白勝道：『他兩個潜入黄文炳家裏去了，衹等哥哥到來。』宋江又問道：『你曾見石勇、杜遷麽？』白勝道：『他兩個在城門邊左近伺候。』宋江聽罷，引了衆好漢下城來，徑到黄文炳門前，却見侯健閃在房檐下。宋江唤來，附耳低言道：『你去將菜園門開了，放他軍士把蘆葦油柴堆放裏面。可教薛永尋把火來點着，却去敲黄文炳門道：「間壁大官人家失火，

有箱籠什物搬來寄頓。」敲得門開，我自有擺布。』

宋江教衆好漢分幾個把住兩頭。侯健先去開了菜園門，軍漢把蘆柴搬來堆在裏面。侯健就討了火種，遞與薛永，將來點着。侯健便閃出來，却去敲門，叫道：『間壁大官人家失火，有箱籠搬來寄頓。快開門則個！』裏面聽得，便起來看時，望見隔壁火起，連忙開門出來。晁蓋、宋江等吶聲喊殺將入去。衆好漢亦各動手，見一個殺一個，見兩個殺一雙，把黄文炳一門内外大小四五十口盡皆殺了，不留一人。衹不見了文炳一個。衆好漢把他從前酷害良民，積攢下許多家私金銀，收拾俱盡。大哨一聲，衆多好漢都扛了箱籠家財，却奔城上來。

且說石勇、杜遷見火起，各掣出尖刀，便殺把門軍人。又見前街鄰舍，拿了水桶梯子，都來救火。石勇、杜遷大喝道：『你那百姓休得向前！我們是梁山泊好漢數千在此，來殺黄文炳一門良賤，與宋江、戴宗報仇，不干你百姓事。你們快回家躲避了，休得出來閑管事！』衆百姓還有不信的，立住了脚看。衹見黑旋風李逵輪起兩把板斧，着地卷將來。衆鄰舍方才吶聲喊，抬了梯子水桶，一哄都走了。這邊後巷也有幾個守門軍漢，帶了些人，駄了麻搭火鈎，都奔來救火。早被花榮張起弓，當頭一箭，射翻了一個，大喝道：『要死的便來救火！』那伙軍漢一齊都退去了。衹見薛永拿着火把，便就黄文炳家裏，前後點着，亂亂雜雜火起。看那火時，但見：

黑雲匝地，紅焰飛天。猝律律走萬道金蛇，焰騰騰散千團火塊。狂風相助，雕梁畫棟片時休；炎焰漲空，大厦高堂彈指没。驪山頂上，多應褒姒戲諸侯；赤壁坡前，有若周瑜施妙計。丙丁神忿怒，踏翻回禄火車；南陸將施威，鼓動祝融爐冶。咸陽宫殿焚三月，即墨城池縱萬牛。馮夷卷雪罔施功，神術欒巴實難救。

當時石勇、杜遷已殺倒把門軍士，李逵砍斷了鐵鎖，大開了城門。一半人從城上出去，一半人從城門下出去。張横、三阮、兩童都來接應，合做一處，扛抬財物上船。無爲軍已知江州被梁山泊好漢劫了法場，殺死無數的人，如何敢出來追趕。衹得回避了。這宋江一行人衆好漢，衹恨拿不着黄文炳。都上了船去，摇開江，自投穆弘莊上來。

不在話下。

却說江州城裏望見無爲軍火起，蒸天價紅，滿城中講動，衹得報知本府。這黄文炳正在府裏議事，聽得報說了，慌忙來稟知府道：『敝鄉失火，急欲回家看覷！』蔡九知府聽得，忙叫開城門，差一隻官船相送。黄文炳謝了知府，隨即出來，帶了從人，慌速下船，摇開江面，望無爲軍來。看見火勢猛烈，映得江面上都紅。梢公說道：『這火衹是北門裏火。』黄文炳見說了，心裏越慌。看看摇到江心裏，衹見一隻小船，從江面上摇過去了。不多時，又是一隻小船摇將過來，却不徑過，望着官船直撞將來。從人喝道：『什麽船，敢如此直撞來！』衹見那小船上一個大漢跳起來，手裏拿着撓鈎，口裏應道：『去江州報失火的船。』黄文炳便鑽出來，問道：『那裏失火？』那大漢道：『北門裏黄通判家，被梁山泊好漢殺了一家人口，劫了家私，如今正燒着哩。』黄文炳失口叫聲苦，不知高低。那漢聽了，一撓鈎搭住了船，便跳過來。黄文炳是個乖覺的人，早瞧了八分，便奔船梢而走，望江裏踴身便跳。忽見江面上一隻船，水底下早鑽過一個人，把黄文炳劈腰抱住，攔頭揪起，扯上船來。船上那個大漢，早來接應，便把麻索綁了。水底下活捉了黄文炳的便是浪裏白條張順，船上把撓鈎的便是混江龍李俊。兩個好漢立在船上，那摇官船的梢公衹顧下拜。李俊說道：『我不殺你們，衹要捉黄文炳這廝！你們自回去，說與那蔡九知府賊驢知道：俺梁山泊好漢們權寄下他那顆驢頭，早晚便要來取！』梢公道：『小人去說！』李俊、張順拿了黄文炳過自己的船上，放那官船去了。

兩個好漢棹了兩隻快船，徑奔穆弘莊上來。早摇到岸邊，望見一行頭領都在岸上等候，搬運箱籠上岸。見說道拿得黄文炳，宋江不勝之喜。衆好漢一齊心中大喜，說：『正要此人見面。』李俊、張順早把黄文炳帶上岸來。衆人看了，監押着離了江岸，到穆太公莊上來。朱貴、宋萬接着。衆人入到莊裏草廳上坐下。宋江把黄文炳剥了濕衣服，綁在柳樹上，請衆頭領團團坐定。宋江叫取一壺酒來，與衆人把盞。上自晁蓋，下至白勝，共是三十位好漢，都把遍了。宋江大罵：『黄文炳！你這廝！我與你往日無冤，近日無仇，你如何衹要害我？三回五次，教唆蔡九知府殺我兩個。你既讀聖賢之書，如何要做這等毒害的事？我又不與你有殺父之仇，你如何定要謀我？你哥哥黄文燁與你這廝一母所生，他怎恁般修善，扶危濟困，救貧拔苦，久聞你那城中都稱他做黄佛子，我昨夜分毫不曾侵犯他。你這廝在鄉中衹是害人，交結權勢之人，浸潤官長，欺壓良善。勝如你的你便要妒他，不如你的你又要害他。我知道無爲軍人民都叫你做黄蜂刺，我今日且替你拔了這個「刺」！』黄文炳告道：『小人已知過失，衹求早死！』晁蓋喝道：『你那賊驢！怕你不死！你這廝早知今日，悔莫當初！』宋江便問道：『那個兄弟替我下手？』衹見黑旋風李逵跳起身來，說道：『我與哥哥動手割這廝！我看他肥胖了，倒好燒吃。』晁蓋道：『說得是。教取把尖刀來，就討盆炭火來，細細地割這廝，燒來下酒，與我賢弟消這怨氣！』

李逵拿起尖刀，看着黄文炳笑道：『你這廝在蔡九知府後堂，且會說黄道黑，撥置害人，無中生有攛掇他！今日你要快死，老爺却要你慢死！』便把尖刀先從腿上割起，揀好的就當面炭火上炙來下酒。割一塊，炙一塊，無片時，割了黄文炳。李逵方才把刀割開胸膛，取出心肝，把來與衆頭領做醒酒湯。衆多好漢看割了黄文炳，都來草堂上與宋江賀喜。有詩爲證：

文炳趨炎巧計乖，却將忠義苦擠排。奸謀未遂身先死，難免剜心炙肉災。

衹見宋江先跪在地下，衆頭領慌忙都跪下，齊道：『哥哥有甚事，但說不妨。兄弟們敢不聽！』宋江便道：『小可不才，自小學吏，初世爲人，便要結識天下好漢。奈緣是力薄才疏，家貧不能接待，以遂平生之願。自從刺配江州，經過之時，多感晁頭領并衆豪杰苦苦相留。宋江因見父命嚴訓，不曾肯住。正是天賜機會，于路直至潯陽江上，又遭際許多豪杰。不想小可不才，一時間酒後狂言，險累了戴院長性命。感謝衆位豪杰，不避凶險，來虎穴龍潭，力救殘生。又蒙協助報了冤仇，恩同天地。今日如此犯下大罪，鬧了兩座州城，必然申奏去了。今日不由宋江不上梁山泊，投托哥哥去，未知衆位意下若何？如是相從者，祇今收拾便行。如不願去的，一聽尊命。祇恐事發，反遭負累。煩可尋思。』説言未絶，李逵跳將起來便叫道：『都去，都去！但有不去的，吃我一鳥斧，砍做兩截便罷！』宋江道：『你這般粗鹵説話！全在各人弟兄們心肯意肯，方可同去。』衆人議論道：『如今殺死了許多官軍人馬，鬧了兩處州郡，他如何不申奏朝廷？必然起軍馬來擒獲。今若不隨哥哥去，同死同生，却投那裏去？』

宋江大喜，謝了衆人。當日先叫朱貴和宋萬前回山寨裏去報知，次後分作五起進程：頭一起便是晁蓋、宋江、花榮、戴宗、李逵，第二起便是劉唐、杜遷、石勇、薛永、侯健，第三起便是李俊、李立、吕方、郭盛、童威、童猛，第四起便是黄信、張横、張順、阮家三弟兄，第五起便是燕順、王矮虎、穆弘、穆春、鄭天壽、白勝。五起二十八個頭領，帶了一千人等，將這所提黄文炳家財，各各分開，裝載上車子。穆弘帶了穆太公并家小人等，將應有家財金寶，裝載車上。莊客數内有不願去的，都賫發他些銀兩，自投别主去傭工；有願去的，一同便往。前四起陸續去了，已自行動。穆弘收拾莊内已了，放起十數個火把，燒了莊院，撇下了田地，自投梁山泊來。

且不説五起人馬登程，節次進發，祇隔二十里而行。先説第一起晁蓋、宋江、花榮、戴宗、李逵五騎馬，帶着車仗人等，在路行了三日，前面來到一個去處，地名唤做黄門山。宋江在馬上與晁蓋説道：『這座山生得形勢怪惡，莫不有大伙在内？可着人催趲後面人馬上來，一同過去。』説猶未了，已見前面山嘴上鑼鳴鼓響。宋江道：『我説麽！且不要走動，等後面人馬到來，好和他厮殺。』花榮便拈弓搭箭在手，晁蓋、戴宗各執樸刀，李逵拿着雙斧，擁護着宋江，一齊趲馬向前。祇見山坡邊閃出三五百個小嘍囉，當先簇擁出四籌好漢，各挺軍器在手，高聲喝道：『你等大鬧了江州，劫掠了無爲軍，殺害了許多官軍百姓，待回梁山泊去，我四個等你多時！會事的祇留下宋江，都饒了你們性命！』宋江聽得，便挺身出去，跪在地下，説道：『小可宋江被人陷害，冤屈無伸，今得四方豪杰，救了宋江性命。小可不知在何處觸犯了四位英雄？萬望高抬貴手，饒恕殘生！』

那四籌好漢見了宋江跪在前面，都慌忙滚鞍下馬，撇了軍器，飛奔前來，拜倒在地下，説道：『俺弟兄四個，祇聞山東及時雨宋公明大名，想殺也不能彀見面！俺聽知哥哥在江州爲事吃官司，我弟兄商議定了，正要來劫牢，祇是不得個實信。前日使小嘍囉直到江州來探望，回來説道：「已有多少好漢鬧了江州，劫了法場，救出往揭陽鎮去了。後又燒了無爲軍，劫掠黄通判家。」料想哥哥必從這裏來，節次使人路中來探望，不期今日得見仁兄之面。小寨裏略備薄酒粗食，權當接風。請衆好漢同到敝寨，盤桓片時。别當拜會。』

宋江大喜，扶起四位好漢，逐一請問大名。爲頭的那人姓歐名鵬，祖貫是黄州人氏。守把大江軍户，因惡了本官，逃走在江湖上。緑林中熬出這個名字，唤做摩雲金翅。有詩爲證：

黄州生下英雄士，力壯身强武藝精。行步如飛偏出衆，摩雲金翅是歐鵬。

第二個好漢姓蔣名敬，祖貫是湖南潭州人氏。原是落科舉子出身，科舉不第，弃文就武，頗有謀略，精通書算，積萬累千，纖毫不差。亦能刺槍使棒，布陣排兵。因此人都唤他做神算子。有詩爲證：

高額尖峰智慮精，先明何處可屯兵。湖南秀氣生豪杰，神算人稱蔣敬名。

第三個好漢姓馬名麟，祖貫是南京建康人氏。原是小番子閑漢出身，吹得雙鐵笛，使得好大滚刀，百十人近他不得。因此人都唤他做鐵笛仙。有詩爲證：

鐵笛一聲山石裂，銅刀兩口鬼神驚。馬麟形貌真奇怪，人道神仙再降生。

第四個好漢姓陶名宗旺，祖貫是光州人氏。莊家田户出身，慣使一把鐵鍬，有的是氣力，亦能使槍輪刀。因此人都唤做九尾龜。有詩爲證：

五短身材黑面皮，鐵鍬敢掘泰山基。光州莊户陶宗旺，古怪人稱九尾龜。

這四籌好漢接住宋江，小嘍囉早捧過果盒，一大壺酒，兩大盤肉，托過來把盞。先遞晁蓋、宋江，次遞花榮、戴宗、李逵。與衆人都相見了，一面遞酒。没兩個時辰，第二起頭領又到了，一個個盡都相見。把盞已遍，邀請衆位上山。兩起十位頭領，先來到黄門山寨内。那四籌好漢便叫椎牛宰馬管待，却教小嘍囉陸續下山接請後面那三起十八位頭領上山來筵宴。未及半日，三起好漢已都來到了，盡在聚義廳上筵席相會。宋江飲酒中間，在席上開話道：『今次宋江投奔了哥哥晁天王，上梁山泊去一同聚義。未知四位好漢肯弃了此處，同往梁山泊大寨相聚否？』四個好漢齊答道：『若蒙二位義士不弃貧賤，情願執鞭墜鐙。』宋江、晁蓋大喜，便説道：『既是四位肯從大義，便請收拾起程。』衆多頭領俱各歡喜。在山寨住了一日，過了一夜。次日，宋江、晁蓋仍舊做頭一起下山，進發先去。次後依例而行，衹隔着二十里遠近而來。四籌好漢收拾起財帛金銀等項，帶領了小嘍囉三五百人，便燒毁了寨栅，隨作第六起登程。宋江又合得這四個好漢，心中甚喜。于路在馬上對晁蓋説道：『小弟來江湖上走了這幾遭，雖是受了些驚恐，却也結識得這許多好漢。今日同哥哥上山去，這回衹得死心塌地與哥哥同死同生。』一路上説着閑話，不覺早來到朱貴酒店裏了。

且説四個守山寨的頭領吴用、公孫勝、林沖、秦明和兩個新來的蕭讓、金大堅，已得朱貴、宋萬先回報知，每日差小頭目棹船出來酒店裏迎接，一起起都到金沙灘上岸。擂鼓吹笛，衆好漢們都乘馬轎，迎上寨來。到得關下，軍師吴學究等六人把了接風酒，都到聚義廳上，焚起一爐好香。晁蓋便請宋江爲山寨之主，坐第一把交椅。宋江那裏肯，便道：『哥哥差矣！感蒙衆位不避刀斧，救拔宋江性命。哥哥原是山寨之主，如何却讓不才坐？若要堅執如此相讓，宋江情願就死！』晁蓋道：『賢弟如何這般説？當初若不是賢弟擔那血海般干系，救得我等七人性命上山，如何有今日之衆？你正是山寨之恩主。你不坐，誰坐？』宋江道：『仁兄，論年齒兄長也大十歲。宋江若坐了，豈不自羞？』再三推晁蓋坐了第一位，宋江坐了第二位，吴學究坐了第三位，公孫勝坐了第四位。宋江道：『休分功勞高下，梁山泊一行舊頭領，去左邊主位上坐。新到頭領，去右邊客位上坐。待日後出力多寡，那時另行定奪。』衆人齊道：『哥哥言之極當。』左邊一帶，是林沖、劉唐、阮小二、阮小五、阮小七、杜遷、宋萬、朱貴、白勝；右邊一帶，論年甲次序，互相推讓。花榮、秦明、黄信、戴宗、李逵、李俊、穆弘、張横、張順、燕順、吕方、郭盛、蕭讓、王矮虎、薛永、金大堅、穆春、李立、歐鵬、蔣敬、童威、童猛、馬麟、石勇、侯健、鄭天壽、陶宗旺，共是四十人頭領坐下。大吹大擂，且吃慶喜筵席。

宋江説起江州蔡九知府捏造謡言一事，説與衆人：『叵耐黄文炳那厮，事又不干他己，却在知府面前胡言亂道，解説道：「耗國因家木」，耗散國家錢糧的人，必是家頭着個木字，不是個宋字。「刀兵點水工」，興動刀兵之人，必是三點水着個工字，不是個江字。這個正應宋江身上。那後兩句道：「縱横三十六，播亂在山東。」合主宋江造反在山東，以此拿了小可。不期戴院長又傳了假書，以此黄文炳那厮攛掇知府，衹要先斬後奏。若非衆好漢救了，焉得到此！』李逵跳將起來道：『好！哥哥正應着天上的言語！雖然吃了他些苦，黄文炳那賊也吃我殺得快活。放着我們有許多軍馬，便造反怕怎地！晁蓋哥哥便做了大皇帝，宋江哥哥便做了小皇帝。吴先生做個丞相，公孫道士便做個國師。我們都做個將軍。殺去東京，奪了鳥位，在那裏快活，却不好！不强似這個鳥水泊裏！』戴宗慌忙喝道：『鐵牛，你這厮胡説！你今日既到這裏，不可使你那在江州性兒，須要聽兩位頭領哥哥的言語號令，亦不許你胡言亂語，多嘴多舌。再如此多言插口，先割了你這顆頭來爲令，以警後人！』李逵道：『阿呟！若割了我這顆頭，幾時再長的一個出來？我衹吃酒便了。』衆多好漢都笑。晁蓋先叫安頓穆太公一家老小。叫取過黄文炳的家財，賞勞了衆多出力的小嘍囉。取出原將來的信籠，交還戴院長收用。戴宗那裏肯要，定教收放庫内公支使用。晁蓋叫衆多小嘍囉參拜了新頭領李俊等，都參見了。連日山寨裏殺牛宰馬，作慶賀筵席，不在話下。

再說晁蓋教向山前山後各撥定房屋居住。山寨裏再起造房舍，修理城垣。至第三日酒席上，宋江起身對衆頭領說道：『宋江還有一件大事，正要稟衆弟兄。小可今欲下山走一遭，乞假數日，未知衆位肯否？』晁蓋便問道：『賢弟今欲要往何處？幹什麽大事？』宋江不慌不忙說出這個去處。有分教：槍刀林裏，再逃一遍殘生；山嶺邊傍，傳授千年勛業。正是：祇因玄女書三卷，留得清風史數篇。

畢竟宋公明要往何處去走一遭，且聽下回分解。

第四十二回　還道村受三卷天書　宋公明遇九天玄女

嘗觀古學劍之家，其師必取弟子，先置之斷崖絕壁之上，迫之疾馳，經月而後，授以竹枝，追刺猿猱，無不中者，夫而後歸之室中，教以劍術，三月技成，稱天下妙也。聖嘆嘆曰：嗟乎，行文亦猶是矣。夫天下險能生妙，非天下妙能生險也。險故妙，險絕故妙絕。不險不能妙，不險絕不能妙絕也。游山亦猶是矣。不梯而上，不縋而下，未見其能窮山川之窈窕，洞壑之隱秘也。梯而上，縋而下，而吾之所至，乃在飛鳥徘徊，蛇虎躑躅之處，而吾之力絕，而吾之氣盡，而吾之神色索然猶如死人，而吾之耳目乃一變換，而吾之胸襟乃一蕩滌，而吾之識略乃得高者愈高，深者愈深，奮而爲文筆，亦得愈極高深之變也。行文亦猶是矣。不閣筆，不卷紙，不停墨，未見其有窮奇盡變出妙入神之文也。筆欲下而仍閣，紙欲舒而仍卷，墨欲磨而仍停，而吾之才盡，而吾之髯斷，而吾之目，而吾之腹痛，而鬼神來助，而風雲忽通，而後奇則真奇，變則真變，妙則真妙，神則真神也。吾以此法遍閲世間之文，未見其有合者。今讀還道村一篇，而獨賞其險妙絕倫。嗟乎，支公畜馬，愛其神駿，其言似謂自馬以外都更無有神駿也者。今吾亦雖謂自《水滸》以外都更無有文章，亦豈誣哉！

前半篇兩趙來捉，宋江躲過，俗筆祇一句可了。今看他寫得一起一落，又一起又一落，再一起再一落，遂令宋江自在厨中，讀者本在書外，却不知何故一時便若打并一片心魂，共受若干驚嚇者。燈昏窗響，壁動鬼出，筆墨之事，能令依正一齊震動，真奇絕也。

上文神厨來捉一段，可謂風雨如磬，蟲鬼駭逼矣。忽然一轉，却作花明草媚，團香削玉之文。如此筆墨，真乃有妙必臻，無奇不出矣。

第一段神厨搜捉，文妙于駭緊。第二段夢受天書，文妙于整麗。第三段群雄策應，便更變駭緊爲疏奇，化整麗爲錯落。三段文字，凡作三樣筆法，不似他人小兒舞鮑老，祇有一副面具也。

此書每寫宋江一片奸詐後，便緊接李逵一片真誠以激射之，前已處處論之詳矣。最奇妙者，又莫奇妙于寫宋江取爺後，便寫李逵取娘也。夫爺與娘，所謂一本之親者也。譬之天矣，無日不戴之，無日不忘之，無日不忘之，無日不戴之。非有義可盡，亦并非有恩可感，非有理可講，亦并非有情可說也。執塗之人，而告之曰：『我孝。』孝，口說而已乎？執塗之人，而告之曰：『我念我父。』然則爾之念爾父也，殆亦暫矣。我聞諸我先師曰：『夫孝，推而放之四海而準。』推而放之四海而準者，以孝我父者孝我君謂之忠，以孝我父者孝我兄謂之悌，以孝我父者孝我友謂之敬，以孝我父者孝我妻謂之良，以孝我父者孝我子謂之慈，以孝我父者孝我百姓謂之有道仁人也。推而至于伐一樹，殺一獸，不以其順謂之不孝。故知孝者，百順之德也，萬福之原也。故知孝之爲言順也，順之爲言時也。時春則生，時秋則殺，時喜則笑，時怒則罵，生殺笑罵，皆謂之孝。故知行孝，非可以口說爲也。我父我母，非供我口說之人也。自世之大逆極惡之人，多欲自言其孝，于是出其狡獪陰陽之才，先施之于其父其母，而後亦遂推而加之四海，馴至殃流天下，禍害相攻，大道既失，不可復治。嗚呼此口說之孝所以爲强盗之孝，而作者特借宋江以活畫之。蓋言强盗之爲强盗，徒以惡心向于他人。若夫口口說孝之人，乃以惡心向其父母，是加于强盗一等者也。我觀遠行者，必爇香而祝曰：『好人相逢，惡人遠避。』蓋畏强盗之至也。今父母孕子，亦當　香祝曰：『心孝相逢，口孝遠避。』蓋爲父母者之畏口口說孝之子，真有過于强盗也者。彼說孝之人，聞吾之言，今定不信。迫于他日不免有子，夫然後知曩者其父其母之遭我之毒，乃至若斯之極也。嗚呼，作者之傳宋江，其識惡垂戒之心，豈不痛哉！故于篇終緊接李逵取娘之文，以見粗滷凶惡如李鐵牛其人，亦復不忘源本。然則孝之爲德，下及禽蟲，無不具足，宋江可以不必屢自矜許。且見粗滷凶惡如李鐵牛其人，乃其取娘陡然一念，實反過于宋江取爺百千萬倍。然則，孝之爲德，惟不說者其內獨至！宋江不爲人罵死，不爲雷震死，亦當自已羞死也矣。

李逵取娘文前，又先借公孫勝取娘作一引者，一是寫李逵見人取爺，不便想到娘，直至見人取娘，方解想到娘，是寫李逵天真爛熳也。一是寫宋江作意取爺，不足以感動李逵，公孫勝偶然看娘，却早已感動李逵，是寫宋江權詐無用也。《易·象辭》曰：『中孚，信及豚魚。』言豚魚無知，最爲易信。中孚無爲，而天下化之。解者乃作豚魚難信。蓋久矣權術之行于天下，而大道之不復講也。

自家取爺，偏要説死而無怨，偏一日亦不可待。他人取娘，便怕他有疏失，便要他再過幾時。傳曰：『夫子之道，忠恕而已矣。』觀其不恕，知其不忠，何意稗官有此論道之樂。

第四十二回

話說當下宋江在筵上對衆好漢道：『小可宋江，自蒙救護上山，到此連日飲宴，甚是快樂。不知老父在家，正是如何？即目江州申奏京師，必然行移濟州，着落鄆城縣追捉家屬，比捕正犯。此事恐老父受驚，性命存亡不保。宋江想念：欲往敝鄉，去家中搬取老父上山，以絶挂念。不知衆弟兄還肯容否？』晁蓋道：『賢弟，這件是人倫中大事，養生送死，人子之道。不成我和你受用快樂，倒教家中老父吃苦！如何不依賢弟。祇是衆兄弟們連日辛苦，寨中人馬未定。再停兩日，點起山寨些少人馬，一徑去取了來。』宋江道：『仁兄，再過幾日不妨。祇恐江州行移到濟州，追捉家屬，這一件不好。以此事不宜遲。也不須點多人去，祇宋江潛地自去，和兄弟宋清搬取老父，連夜上山來。那時使鄉中神不知，鬼不覺。若還多帶了人伴去時，必然驚嚇鄉里，反招不便。』晁蓋道：『賢弟，路中倘有疏失，無人可救。』宋江道：『若爲父親，死而無怨。』當日苦留不住。宋江堅執要行，便取個氈笠戴了，提條短棒，腰帶利刃，便下山去。衆頭領送過金沙灘自回。

且說宋江過了渡，到朱貴酒店裏上岸，出大路投鄆城縣來。路上少不得飢餐渴飲，夜住曉行。一日，奔宋家村晚了，到不得，且投客店歇了。次日，趲行到宋家村時却早，且在林子裏伏了，等待到晚，却投莊上來敲後門。莊裏聽得，祇見宋清出來開門。見了哥哥，吃那一驚。慌忙道：『哥哥，你回家來怎地？』宋江道：『我特來家取父親和你。』宋清道：『哥哥，你在江州做了的事，如今這裏都知道了。本縣差下這兩個趙都頭，每日來勾取，管定了我們不得轉動。祇等江州文書到來，便要捉我們父子二人，下在牢裏監禁，聽候拿你。日裏夜間，一二百土兵巡綽。你不宜遲，快去梁山泊請下衆頭領來，救父親并兄弟。」

宋江聽了，驚得一身冷汗。不敢進門，轉身便走，奔梁山泊路上來。是夜月色朦朧，路不分明。宋江祇顧揀僻凈小路去處走。約莫也走了一個更次，祇聽得背後有人發喊起來。宋江回頭聽時，祇隔一二里路，看見一簇火把照亮。祇聽得叫道：「宋江休走！早來納降！」宋江一頭走，一面肚裏尋思：「不聽晁蓋之言，果有今日之禍。皇天可憐，垂救宋江！」遠遠望見一個去處，祇顧走。少間，風掃薄雲，現出那輪明月。宋江方才認得仔細，叫聲苦，不知高低。看了那個去處，有名唤做還道村。原來團團都是高山峻嶺，山下一遭澗水，中間單單祇一條路。入來這村，左來右去走，祇是這條路，更没第二條路。宋江認的這個村口，欲待回身，却被背後趕來的人已把住了路口，火把照耀如同白日。宋江祇得奔入村裏來，尋路躲避。抹過一座林子，早看見一所古廟。但見：

墻垣頹損，殿宇傾斜。兩廊畫壁長青苔，滿地花磚生碧草。門前小鬼，折臂膊不顯猙獰；殿上判官，無幞頭不成禮數。供床上蜘蛛結網，香爐内螻蟻營窠。狐狸常睡紙爐中，蝙蝠不離神帳裏。料想經年無客過，也知盡日有雲來。

宋江祇得推開廟門，乘着月光，入進廟裏來，尋個躲避處。前殿後殿，相了一回，安不的身，心裏越慌。祇聽得外面有人道：「多管祇走在這廟裏。」宋江聽時，是趙能聲音，急没躲處。見這殿上一所神厨，宋江揭起帳幔，望裏面探身便鑽入神厨裏。安了短棒，做一堆兒伏在厨内，氣也不敢喘。祇聽得外面拿着火把，照將入來。

宋江在神厨裏偷眼看時，趙能、趙得引着四五十人，拿着火把，各到處照，看看照上殿來。宋江道：「我今番走了死路，望陰靈遮護則個！神明庇佑！」一個個都走過了，没人看着神厨裏。宋江道：「却不是天幸！」祇見趙得將火把來神厨内照一照。宋江道：「我這番端的受縛！」趙得一隻手將樸刀杆挑起神帳，上下把火祇一照，火烟衝將起來，衝下一片屋塵來，正落在趙得眼裏，眯了眼。便將火把丢在地下，一脚踏滅了，走出殿門外來，對土兵們道：「這厮不在廟裏，別又無路，却走向那裏去了？」土兵衆人答道：「多是這厮走入村中樹林裏去了。這裏不怕他走到那裏去，這個村唤做還道村，祇有這條路出入，裏面雖有高山林木，却無路上的去，亦不怕他走了。都頭祇把住村口，他便會插翅飛上天去，也走不脱了。待天明，村裏去細細搜捉。」趙能、趙得道：「也是。」引了土兵，下殿去了。

宋江道：「却不是神明護佑！若還得了性命，必當重修廟宇，再建祠堂。陰靈保佑則個！」説猶未了，祇聽的有幾個土兵在于廟門前叫道：「都頭，在這裏了。」趙能、趙得和衆人一伙搶入來。宋江道：「却不又是晦氣！這遭必被擒捉！」趙能到廟前問時：「在那裏？」土兵道：「都頭你來看，廟門上兩個塵手迹，一定是却才推開廟門，閃在裏面去了。」趙能道：「説的是。再仔細搜一搜看。」

這伙人再入廟裏來搜看。宋江道：「我命運這般蹇拙，今番必是休了！」那伙人去殿前殿後搜遍，祇不曾翻過磚來。衆人又搜了一回，火把看看照上殿來。趙能道：「多是祇在神厨裏。却才兄弟看不仔細，我自照一照看。」一個土兵拿着火把，趙能一手揭起帳幔，五七個人伸頭來看。不看萬事俱休，才看一看，祇見神厨裏卷起一陣惡風，將那火把都吹滅了，黑騰騰罩了廟宇，對面不見。趙能道：「却又作怪，平地裏卷起這陣惡風來！想是神明在裏面，定嗔怪我們祇管來照，因此起這陣惡風顯應。我們且去罷休。祇守住村口，待天明再來尋獲。」趙得道：「祇是神厨裏不曾看得仔細，再把槍去搠一搠。」

趙能道：「也是。」兩個却待向前，祇聽得殿後又卷起一陣怪風，吹得飛砂走石，滚將下來。摇得那殿宇吸地動，罩下一陣黑雲，布合了上下，冷氣侵人，毛髮竪立。趙能情知不好，叫了趙得道：「兄弟快走，神明不樂！」衆人一哄都奔下殿來，望廟門外跑走。有幾個攧翻了的，也有閃朒了腿的，爬的起來奔命。走出廟門，祇聽得廟裏有人叫：『饒恕我們！』趙能再入來看時，兩三個土兵跌倒在龍墀裏，被樹根鉤住了衣服，死也掙不脱，手裏丟了樸刀，扯着衣裳叫饒。宋江在神厨裏聽了，忍不住笑。

趙能把土兵衣服解脱了，領出廟門去。有幾個在前面的土兵説道：『我説這神道最靈，你們祇管在裏面纏障，引得小鬼發作起來！我們祇去守住了村口等他，須不吃他飛了去。』趙能、趙得道：『説得是。祇消村口四下裏守定。』衆人都望村口去了。

祇説宋江在神厨裏，口稱慚愧道：『雖不被這廝們拿了，却怎能彀出村口去？』正在厨内尋思，百般無計，祇聽的後面廊下有人出來。宋江道：『却又是苦也！早是不鑽出去。』祇見兩個青衣童子，徑到厨邊，舉口道：『小童奉娘娘法旨，請星主説話。』宋江那裏敢做聲答應。外面童子又道：『娘娘有請，星主可行。』宋江也不敢答應。外面童子又道：『宋星主休得遲疑，娘娘久等。』宋江聽得鶯聲燕語，不是男子之音，便從椅子底下鑽將出來看時，却是兩個青衣女童，侍立在此床邊。宋江吃了一驚，却是兩個泥神。祇聽得外面又説道：『宋星主，娘娘有請。』宋江分開帳幔，鑽將出來，祇見是兩個青衣螺髻女童，齊齊躬身，各打個稽首。宋江看那女童時，但見：

朱顏緑髮，皓齒明眸。飄飄不染塵埃，耿耿天仙風韵。螺螄髻山峰堆擁，鳳頭鞋蓮瓣輕盈。領抹深青，一色織成銀縷；帶飛真紫，雙環結就金霞。依稀閬苑董雙成，仿佛蓬萊花鳥使。

當下宋江問道：『二位仙童，自何而來？』青衣道：『奉娘娘法旨，有請星主赴宫。』宋江道：『仙童差矣！我自姓宋名江，不是什麽星主。』青衣道：『如何差了。請星主便行，娘娘久等！』宋江道：『什麽娘娘？亦不曾拜識，如何敢去？』青衣道：『星主到彼便知，不必詢問。』宋江道：『娘娘在何處？』青衣道：『祇在後面宫中。』青衣前引便行。宋江隨後跟下殿來。轉過後殿側首一座子墻角門，青衣道：『宋星主，從此間進來。』宋江跟入角門來看時，星月滿天，香風拂拂，四下裏都是茂林修竹。宋江尋思道：『原來這廟後又有這個去處。早知如此，却不來這裏躲避，不受那許多驚恐！』

宋江行着，覺道兩邊松樹，香塢兩行，夾種着都是合抱不交的大松樹，中間平坦一條龜背大街。宋江看了，暗暗尋思道：『我倒不想古廟後有這般好路徑。』跟着青衣，行不過一里來路，聽得潺潺的澗水響。看前面時，一座青石橋，兩邊都是朱欄杆。岸上栽種奇花异草，蒼松茂竹，翠柳夭桃；橋下翻銀滚雪般的水，流從石洞裏去。過的橋基看時，兩行奇樹，中間一座大朱紅欞星門。宋江入的欞星門看時，抬頭見一所宫殿。但見：

金釘朱户，碧瓦雕檐。飛龍盤柱戲明珠，雙鳳幃屏鳴曉日。紅泥墻壁，紛紛御柳間宫花；翠靄樓臺，淡淡祥光籠瑞影。窗横龜背，香風冉冉透黄紗；簾卷蝦鬚，皓月團團懸紫綺。若非天上神仙府，定是人間帝主家。

宋江見了，尋思道：『我生居鄆城縣，不曾聽的説有這個去處。』心中驚恐，不敢動脚。青衣催促：『請星主行。』一引，引入門内，有個龍墀，兩廊下盡是朱紅亭柱，都挂着綉簾。正中一所大殿，殿上燈燭熒煌。青衣從龍墀内一步步引到月臺上，聽得殿上階前又有幾個青衣道：『娘娘有請。星主進來！』宋江到大殿上，不覺肌膚戰栗，毛髮倒竪。下面都是龍鳳磚階。青衣入簾内奏道：『請至宋星主在階前。』宋江到簾前御階之下，躬身再拜，俯伏在地，口稱：『臣乃下濁庶民，不識聖上。伏望天慈，俯賜憐憫！』御簾内傳旨：『教請星主坐。』宋江那裏敢抬頭。教四個青衣扶上錦墩坐。宋江祇得勉强坐下。殿上喝聲『卷簾』，數個青衣早把朱簾卷起，搭在金鉤上。娘娘問道：『星主別來無恙？』宋江起身再拜道：『臣乃庶民，不敢面覷聖容。』娘娘道：『星主既然至此，不必多禮。』宋江恰才敢抬頭舒眼，看見殿上金碧交輝，點着龍燈鳳燭，兩邊都是青衣女童，執笏捧圭，執旌擎扇侍從；正中七寶九龍床上，坐着那個娘娘。宋江看時，但見：

頭綰九龍飛鳳髻，身穿金縷絳綃衣。藍田玉帶曳長裾，白玉圭璋擎彩袖。臉如蓮萼，天然眉目映雲環；唇似櫻桃，自在規模端雪體。猶如王母宴蟠桃，却似嫦娥居月殿。正大仙容描不就，威嚴形像畫難成。

那娘娘口中説道：『請星主到此，命童子獻酒。』兩下青衣女童執着奇花金瓶，捧酒過來斟在玉杯内。一個爲首的女童，執玉杯遞酒來勸宋江。宋江起身，不敢推辭，接過玉杯，朝娘娘跪飲了一杯。宋江覺道這酒馨香馥鬱，如醍醐灌頂，甘露灑心。又是一個青衣捧過一盤仙棗，上勸宋江。宋江戰戰兢兢，怕失了體面，尖着指頭拿了一枚，就而食之，懷核在手。青衣又斟過一杯酒來勸宋江，宋江又一飲而盡。娘娘法旨：『教再勸一杯。』青衣再斟一杯酒過來勸宋江，宋江又飲了。仙女托過仙棗，又食了兩枚。共飲過三杯仙酒，三枚仙棗。宋江便覺道春色微醺，又怕酒後，醉失體面，再拜道：『臣不勝酒量，望乞娘娘免賜。』殿上法旨道：『既是星主不能飲，酒可止。教取那三卷天書，賜與星主。』青衣去屏風背後玉盤中，托出黄羅袱子，包着三卷天書，度與宋江。宋江拜受看時，可長五寸，闊三寸，厚三寸。不敢開看，再拜祇受，藏于袖中。娘娘法旨道：『宋星主，傳汝三卷天書，汝可替天行道，爲主全忠仗義，爲臣輔國安民。去邪歸正。他日功成果滿，作爲上卿。吾有四句天言，汝當記取，終身佩受，勿忘于心，勿泄于世。』宋江再拜：『願受天言，臣不敢輕泄于世人。』娘娘法旨道：

『遇宿重重喜，逢高不是凶。北幽南至睦，兩處見奇功。』

宋江聽畢，再拜謹受。娘娘法旨道：『玉帝因爲星主魔心未斷，道行未完，暫罰下方，不久重登紫府，切不可分毫失忘。若是他日罪下酆都，吾亦不能救汝。此三卷之書，可以善觀熟視。祇可與天機星同觀，其它皆不可見。功成之後，便可焚之，勿留在世。所囑之言，汝當記取。目今天凡相隔，難以久留，汝當速回。』便令童子急送星主回去，『他日瓊樓金闕，再當重會。』

宋江便謝了娘娘，跟隨青衣女童，下得殿庭來。出得欞星門，送至石橋邊，青衣道：『恰才星主受驚，不是娘娘護佑，已被擒拿。天明時，自然脱離了此難。星主，看石橋下水裏二龍相戲。』宋江憑欄看時，果見二龍戲水。二青衣望下一推。宋江大叫一聲，却撞在神厨内，覺來乃是南柯一夢。

宋江爬將起來看時，月影正午，料是三更時分。宋江把袖子裏摸時，手裏棗核三個，袖裏帕子包着天書。摸將出來看時，果是三卷天書。又祇覺口裏酒香。宋江想道：『這一夢真乃奇异，似夢非夢！若把做夢來，如何有這天書在袖子裏，口中又酒香，棗核在手裏，説與我的言語都記得不曾忘了一句？不把做夢來，我自分明在神厨裏，一跤攧將入來。有甚難見處，想是此間神聖最靈，顯化如此。祇是不知是何神明？』揭起帳幔看時，九龍椅上坐着一個娘娘，正和夢中一般。宋江尋思道：『這娘娘呼我做星主，想我前生非等閑人也。這三卷天書必然有用，分付我的四句天言，不曾忘了。青衣女童道：「天明時，自然脱離此村之厄。」如今天色漸明，我却出去。』

便探手去厨裏摸了短棒，把衣服拂拭了，一步步走下殿來。便從左廊下轉出廟前，仰面看時，舊牌額上刻着四個金字道：『玄女之廟』。宋江以手加額稱謝道：『慚愧！原來是九天玄女娘娘，傳受與我三卷天書，又救了我的性命！如若能夠再見天日之面，必當來此重修廟宇，再建殿庭。伏望聖慈，俯垂護佑！』稱謝已畢。宋江祇得望着村口，悄悄出來。

離廟未遠，祇聽得前面遠遠地喊聲連天。宋江尋思道：『又不濟了！』立住了脚，『且未可出去。我若到他前面，定吃他拿了。不如且在這裏路傍樹背後躲一躲。』却才閃得入樹背後去，祇見數個士兵急急走得喘做一堆，把刀槍拄着，一步步攧將入來，口裏聲聲都祇叫道：『神聖救命則個！』宋江在樹背後看了，尋思道：『却又作怪！他們把着村口，等我出來拿我，却又怎地衆人搶入來？』再看時，趙能也搶入來，口裏叫道：『我們都是死也！』宋江道：『那厮如何恁地慌？』却見背後一條大漢追將入來。那大漢上半截不着一絲，露出鬼怪般肉，手裏拿着兩把夾鋼板斧，口裏喝道：『含鳥休走！』遠觀不睹，近看分明，正是黑旋風李逵。宋江想道：『莫非是夢裏麽？』不敢走出去。

那趙能正走到廟前，被松樹根祇一絆，一跤攧在地下。李逵趕上，就勢一脚，踏住脊背，手起大斧却待要砍。背後又是兩籌好漢趕上來，把氈笠兒掀在脊梁上，各挺一條樸刀。上首的是歐鵬，下首的是陶宗旺。李逵見他兩個起來，恐怕爭功壞了義氣，就手把趙能一斧，砍做兩半，連胸膛都砍開了。跳將起來，把土兵趕殺四散走了。

宋江兀自不敢便走出來，背後衹見又趕上三籌好漢，也殺將來。前面赤髮鬼劉唐，第二石將軍石勇，第三催命判官李立。這六籌好漢說道：『這厮們都殺散了，衹尋不見哥哥，却怎生是好？』石勇叫道：『兀那松樹背後一個人立在那裏。』宋江方才敢挺身出來，說道：『感謝衆兄弟們，又來救我性命，將何以報大恩？』六籌好漢見了宋江，大喜道：『哥哥有了！快去報與晁頭領得知。』石勇、李立分頭去了。

宋江問劉唐道：『你們如何得知來這裏救我？』劉唐答道：『哥哥前脚下得山來，晁頭領與吴軍師放心不下，便叫戴院長隨即下來探聽哥哥下落。晁頭領又自已放心不下，再着我等衆人前來接應，衹恐哥哥倘有些疏失。半路裏撞見戴宗道：「兩個賊驢追趕捕捉哥哥。」晁頭領大怒，分付戴宗去山寨，衹教留下吴軍師、公孫勝、阮家三弟兄、吕方、郭盛、朱貴、白勝看守寨栅，其餘兄弟都叫來此間尋趕哥哥。聽得人説道：「趕宋江入還道村去了。」村口守把的這厮們盡數殺了，不留一個，衹有這幾個奔進村裏來。隨即李大哥追來，我等都趕入來。不想哥哥在這裏！』説猶未了，石勇引將晁蓋、花榮、秦明、黄信、薛永、蔣敬、馬麟到來，李立引將李俊、穆弘、張橫、張順、穆春、侯健、蕭讓、金大堅一行，衆多好漢都相見了。

宋江作謝衆位頭領。晁蓋道：『我叫賢弟不須親自下山，不聽愚兄之言，險些兒又做出來。』宋江道：『小可兄弟衹爲父親這一事，懸腸挂肚，坐卧不安，不由宋江不來取。』晁蓋道：『好教賢弟歡喜，令尊并令弟家眷，我先叫戴宗引杜遷、宋萬、王矮虎、鄭天壽、童威、童猛送去，已到山寨中了。』宋江聽得大喜，拜謝晁蓋道：『若得仁兄如此施恩，宋江死亦無怨。』

晁蓋、宋江俱各歡喜，與衆頭領各各上馬，離了還道村口。宋江在馬上以手加額，望空頂禮，稱謝：『神明庇佑之力，容日專當拜還心願。』有詩爲證：

且喜餘生得命歸，剥床深喜脱灾非。仰天祝謝仁晁蓋，暗把家園載得回。

且説一行人馬離了還道村，徑回梁山泊來。吴學究領了守山頭領，直到金沙灘，都來迎接着。到得大寨聚義廳上，衆好漢都相見了。宋江問道：『老父何在？』晁蓋便叫：『請宋太公出來。』不多時，鐵扇子宋清策着一乘山轎，抬着宋太公到來。衆人扶策下轎，上廳來。宋江見了，喜從天降，笑逐顔開。宋江再拜道：『老父驚恐！宋江做了不孝之子，負累了父親吃驚受怕！』宋太公道：『叵耐趙能那厮弟兄兩個，每日撥人來守定了我們，衹待江州公文到來，便要捉取我父子二人解送官司。聽得你在莊後敲門，此時已有八九個土兵在前面草廳上，續後不見了，不知怎地趕出去了。到三更時候，又有二百餘人把莊門開了，將我搭扶上轎抬了，教你兄弟四郎收拾了箱籠，放火燒了莊院。那時不由我問個緣由，徑來到這裏。』宋江道：『今日父子團圓相見，皆賴衆兄弟之力也！』叫兄弟宋清拜謝了衆頭領。晁蓋衆人都來參見宋太公已畢，一面殺牛宰馬，且做慶喜筵席，作賀宋公明父子團圓。當日盡醉方散，次日又排筵宴賀喜。大小頭領盡皆歡喜。

第三日，又做筵席，慶賀宋江父子完聚。忽然感動公孫勝一個念頭，思憶老母在薊州，離家日久，未知如何。衆人飲酒之時，衹見公孫勝起身對衆頭領説道：『感蒙衆位豪杰相帶貧道許多時，恩同骨肉。衹是小道自從跟隨着晁頭領到山，逐日宴樂，一向不曾還鄉。薊州老母在彼，亦恐我真人本師懸望，欲待回鄉省視一遭。暫别衆頭領，三五個月再回來相見，以滿小道之願，免致老母挂念懸望之心。』晁蓋道：『向日已聞先生所言，令堂在北方無人侍奉。今既如此説時，難以阻當。衹是不忍分别。雖然要行，衹是來日相送。』公孫勝謝了，當日盡醉方散，各自歸帳内安歇。次日早，就關下排了筵席，與公孫勝餞行。

且説公孫勝依舊做雲游道士打扮了，腰裏腰包、肚包，背上雌雄寶劍，肩胛上挂着棕笠，手中拿把鱉殼扇，便下山來。衆頭領接住，就關下筵席，各各把盞送别。餞行已遍，晁蓋道：『一清先生！此去難留，却不可失信。

本是不容先生去，衹是老尊堂在上，不敢阻當。百日之外，專望鶴駕降臨，切不可爽約。』公孫勝道：『重蒙列位頭領看待許久，小道豈敢失信。回家參過本師真人，安頓了老母，便回山寨。』宋江道：『先生何不將帶幾個人去，一發就搬取老尊堂上山，早晚也得侍奉。』公孫勝道：『老母平生衹愛清幽，吃不得驚唬，因此不敢取來。家中自有田產山莊，老母自能料理。貧道衹去省視一遭便來，再得聚義。』宋江道：『既然如此，專聽尊命。衹望早早降臨爲幸！』晁蓋取出一盤黄白之資相送。公孫勝道：『不消許多，但衹要三分足矣。』晁蓋定教收了一半，打拴在腰包裹，打個稽首，別了衆人，過金沙灘便行，望薊州去了。

衆頭領席散，却待上山，衹見黑旋風李逵就關下放聲大哭起來。宋江連忙問道：『兄弟，你如何煩惱？』李逵哭道：『幹鳥氣麽！這個也去取爺，那個也去望娘，偏鐵牛是土掘坑裏鑽出來的！』晁蓋便問道：『你如今待要怎地？』李逵道：『我衹有一個老娘在家裏，我的哥哥又在别人家做長工，如何養得我娘快樂？我要去取他來這裏，快樂幾時也好。』晁蓋道：『李逵説的是。我差幾個人同你去取了上山來，也是十分好事。』宋江便道：『使不得！李家兄弟生性不好，回鄉去必然有失。若是教人和他去，亦是不好。况且他性如烈火，到路上必有衝撞。他又在江州殺了許多人，那個不認得他是黑旋風。這幾時官司如何不行移文書到那裏了？必然原籍追捕。你又形貌凶惡。倘有疏失，路程遥遠，如何得知。你且過幾時，打聽得平静了，去取未遲。』李逵焦躁，叫道：『哥哥，你也是個不平心的人！你的爺便要取上山來快活，我的娘由他在村裏受苦。兀的不是氣破了鐵牛的肚子！』宋江道：『兄弟，你不要焦躁。既是要去取娘，衹依我三件事，便放你去。』李逵道：『你且説那三件事？』宋江點兩個指頭，説出這三件事來，有分教：李逵去高山頂上，殺一窩猛獸毒蟲；沂水縣中，損幾個生靈性命。直使施爲撼地摇天手，來鬥巴山跳澗蟲。

畢竟宋江對李逵説出那三件事來，且聽下回分解。

第四十三回　假李逵剪徑劫單人　黑旋風沂嶺殺四虎

粤自仲尼殁而微言絶，而忠恕一貫之義，其不講于天下也既已久矣。夫中心之謂忠也，如心之謂恕也。見其父而知愛之謂孝，見其君而知愛之謂敬。夫孝敬由于中心，油油然不自知其達于外也，如惡惡臭，如好好色，不思而得，不勉而中，此之謂自慊。聖人自慊，愚人亦自慊。君子爲善自慊，小人爲不善亦自慊。爲不善亦自慊者，厭然掩之，而終亦肺肝如見，然則天下之意，未有不誠者也。善亦誠于中形于外，不善亦誠于中形于外，不思善，不思惡，若惡惡臭、好好色之微，亦無不誠于中形于外。蓋天下無有一人，無有一事，無有一刻不誠于中形于外也者。故曰：『自誠明，謂之性。』性之爲言故也，故之爲言自然也，自然之爲言天命也。天命聖人，則無一人而非聖人也。天命至誠，則無善無不善而非至誠也。性相近也，習相遠也。善不善，其習也。善不善，無不誠于中形于外，其性也。唯上智與下愚不移者，雖聖人亦有下愚之德，雖愚人亦有上智之德。若惡惡臭，好好色，不惟愚人不及覺，雖聖人亦不及覺，是下愚之德也。若惡惡臭，好好色，乃至爲善爲不善，無不誠于中形于外，聖人無所增，愚人無所减，是上智之德也。何必不喜？何必不怒？何必不哀？何必不樂？喜怒哀樂，不必聖人能有之也。匹婦能之，赤子能之，乃至禽蟲能之，是則所謂道也。『道也者，不可須臾離也。』道，即所謂獨也。不可須臾離，即所謂慎也。何謂獨？誠于中，形于外。喜即盈天地之間止一喜，怒即盈天地之間止一怒，哀樂即盈天地之間止一哀，止一樂，更無旁念得而副貳之也。何謂慎？修道之教是也。教之爲言自明而誠者也。有不善未嘗不知，知之未嘗復行，則庶幾矣不敢掩其不善而著其善也。何也？惡其無益也。知不善未嘗復行，然則其『擇乎中庸，得一善而拳拳服膺，必弗失之矣』。是非君子惡于不善之如彼也，又非君子好善之如此也。夫好善惡不善，則是君子遵道而行，半塗而必廢者耳，非所以學而至于聖人之法也。若夫君子欲誠其意之終必由于擇善而固執之者，亦以爲善之後也若失，爲不善之後也若得。若得，則不免于厭然之掩矣。若失，則庶幾其無祇于悔矣。聖人知當其欲掩而制之使不掩也難，不若引而置之無悔之地，而使之馴至乎心廣體胖也易。故必津津以擇善教後世者，所謂慎獨之始事，而非《大學》『止至善』之善也。擇乎中庸，得一善，固執之而弗失，能如是矣，然後謂之慎獨。慎獨而知從本是獨，不惟有小人之掩即非獨，苟有君子之慎亦即非獨。于是始而擇，既而慎，終而并慎亦不復慎。當是時，喜怒哀樂不思而得，不勉而中，如惡惡臭，如好好色，從容中道，聖人也。如是謂之『止于至善』。不曰至于至善，而曰『止于至善』者，至善在近不在遠。若欲至于至善，則是人之爲道而遠人不可以爲道也。故曰：『賢智過之。』爲其欲至至善，故過之也。若愚不肖之不及，則爲其不知擇善慎獨，故不及耳。然其同歸不能明行大道，豈有异哉！若夫『止于至善』也者，維皇降衷于民，無不至善。無不至善，則應止矣。不惟小人爲不善之非止也，彼君子之爲善亦非止也。不惟爲善爲不善之非止也，彼君子之猶未免于慎獨之慎，猶未止也。人誠明乎此，則能知止矣。知止也者，不惟能知至善之當止也，又能知不止之從無不止也。夫誠知不止之從無不止，而明于明德，更無惑矣，而後有定。知致則意誠也，而後能靜。意誠則心正也，而後能安。心正則身修也，而後能慮。身修則家齊、國治、天下平也，而後能得。家齊、國治，天下平，則盡明德之量，所謂德之爲言得也。夫始乎明，終乎明德，而正心、修身、齊家、治國、平天下，無不全舉如此。故曰：『明則誠矣。』惟天下至誠，爲能『贊天地之化育』也。嗚呼！是則孔子昔者之所謂忠之義也。蓋忠之爲言中心之謂也。喜怒哀樂之未發，謂之中。發而爲喜怒哀樂之中節，謂之心。率我之喜怒哀樂自然誠于中形于外，謂之忠。知家國、天下之人率其喜怒哀樂無不自然誠于中形于外，謂之恕。知喜怒哀樂無我無人無不自然誠于中形于外，謂之格物。能無我無人無不任其自然喜怒哀樂，而天地以位，萬物以育，謂之天下平。曾子得之，忠謂之一，恕謂之貫。子思得之，忠謂之中，恕謂之庸。故曰：『無黨無偏，王道平平。』『無偏無黨，王道蕩蕩。』嗚呼！此固昔者孔子志在《春秋》、行在《孝經》之精義。後之學者誠得聞此，內以之治其性情，即可以爲聖人，外以之治其民物，即可以輔王者。然惜乎三千年來，不復更講，愚又欲講之，而懼或乖于遁世不悔之教，故反因讀稗史之次而偶及之。當世不乏大賢、亞聖之材，想能垂許于斯言也。

能忠未有不恕者，不恕未有能忠者。看宋江不許李逵取娘，便斷其必不孝順太公，此不恕未有能忠之驗。看李逵一心念母，便斷其不殺養娘之人，此能忠未有不恕之驗也。

此書處處以宋江、李逵相形對寫，意在顯暴宋江之惡，固無論矣。獨奈何輕以『忠恕』二字下許李逵？殊不知忠恕天性，八十翁翁道不得，周歲哇哇却行得，以『忠恕』二字下許李逵，正深表忠恕之易能，非嘆李逵之難能也。

宋江取爺，村中遇神；李逵取娘，村中遇鬼。此一聯絶倒。

宋江黑心人取爺，便遇玄女；李逵赤心人取娘，便遇白兔。此一聯又絶倒。

宋江遇玄女，是奸雄搗鬼；李逵遇白兔，是純孝格天。此一聯又絶倒。

宋江遇神，受三卷天書；李逵遇鬼，見兩把板斧。此一聯又絶倒。

宋江天書，定是自家帶去；李逵板斧，不是自家帶來。此一聯又絶倒。

宋江到底無真，李逵忽然有假。此一聯又絶倒。

宋江取爺吃仙棗，李逵取娘吃鬼肉。此一聯又絶倒。

宋江爺不忍見活强盗，李逵娘不及見死大蟲。此一聯又絶倒。

宋江爺不願見子爲盗，李逵娘不得見子爲官。此一聯又絶倒。

宋江取爺，還時帶三卷假書；李逵取娘，還時帶兩個真虎。此一聯又絶倒。

宋江爺生不如死，李逵娘死賢于生。此一聯又絶倒。

宋江兄弟也做强盗，李逵阿哥亦是孝子。此一聯又絶倒。

二十二回寫武松打虎一篇，真所謂極盛難繼之事也。忽然于李逵取娘文中，又寫出一夜連殺四虎一篇。句句出奇，字字换色。若要李逵學武松一毫，李逵不能。若要武松學李逵一毫，武松亦不敢。各自興奇作怪，出妙入神；筆墨之能，于斯竭矣。

話説李逵道：『哥哥，你且説那三件事。』宋江道：『你要去沂州沂水縣搬取母親，第一件，徑回，不可吃酒。第二件，因你性急，誰肯和你同去。你衹自悄悄地取了娘便來。第三件，你使的那兩把板斧，休要帶去。路上小心在意，早去早回。』李逵道：『這三件事有什麼依不得！哥哥放心。我衹今日便行，我也不住了。』當下李逵拽扎得爽利，衹跨一口腰刀，提條樸刀，帶了一錠大銀，三五個小銀子，吃了幾杯酒，唱個大喏，别了衆人，便下山來，過金沙灘去了。

晁蓋、宋江并衆頭領送行已罷，回到大寨裏聚義廳上坐定。宋江放心不下，對衆人説道：『李逵這個兄弟，此去必然有失。不知衆兄弟們誰是他鄉中人，可與他那裏探聽個消息？』杜遷便道：『衹有朱貴原是沂州沂水縣人，與他是鄉里。』宋江聽罷，説道：『我却忘了。前日在白龍廟聚會時，李逵已自認得朱貴是同鄉人。』宋江便着人去請朱貴。小嘍囉飛奔下山來，直至店裏，請的朱貴到來。宋江道：『今有李逵兄弟前往家鄉搬取老母，因他酒性不好，爲此不肯差人與他同去。誠恐路上有失，我們難得知道。今知賢弟是他鄉中人，你可去他那裏探聽走一遭。』朱貴答道：『小弟是沂州沂水縣人，現在一個兄弟，唤做朱富，在本縣西門外開着個酒店。這李逵，他是本縣百丈村董店東住，有個哥哥，唤做李達，專與人家做長工。這李逵自小凶頑，因打死了人，逃走在江湖上，一向不曾回歸。如今着小弟去那裏探聽也不妨，衹怕店裏無人看管。小弟也多時不曾還鄉，亦就要回家探望兄弟一遭。』宋江道：『這個無人看店，不必你憂心。我自教侯健、石勇替你暫管幾日。』朱貴領了這言語，相辭了衆頭領下山來，便走到店裏，收拾包裹，交割鋪面與石勇、侯健，自奔沂州去了。

這裏宋江與晁蓋在寨中每日筵席，飲酒快樂，與吴學究看習天書。不在話下。

且説李逵獨自一個離了梁山泊，取路來到沂水縣界。于路李逵端的不吃酒，因此不惹事。無有話説。行至沂水縣西門外，見一簇人圍着榜看。李逵也立在人叢中，聽得讀道：榜上第一名正賊宋江，系鄆城縣人；第二名賊戴宗，系江州兩院押獄；第三名從賊李逵，系沂州沂水縣人。李逵在背後聽了，正待指手畫脚，没做奈何處，衹見一個人搶向前來，攔腰抱住，叫道：『張大哥！你在這裏做什麼？』李逵扭過身看時，認得是旱地忽律朱貴。李逵問道：『你如何也來在這裏？』朱貴道：『你且跟我來説話。』

兩個一同來西門外近村一個酒店内，直入到後面一間静房中坐了。朱貴指着李逵道：『你好大膽！那榜上明明寫着賞一萬貫錢捉宋江，五千貫捉戴宗，三千貫捉李逵，你却如何立在那裏看榜？倘或被眼疾手快的拿了送官，如之奈何？宋公明哥哥衹怕你惹事，不肯教人和你同來，又怕你到這裏做出怪來，續後特使我趕來探聽你的消息。我遲下山來一日，又先到你一日。你如何今日才到這裏？』李逵道：『便是哥哥分付，教我不要吃酒，以此路上走得慢了。你如何認得這個酒店裏？你是這裏人，家在那裏住？』朱貴道：『這個酒店便是我兄弟朱富家裏。我原是此間人，因在江湖上做客，消折了本錢，就于梁山泊落草。今次方回。』便叫兄弟朱富來與李逵相見了。朱富置酒管待李逵。李逵道：『哥哥分付，教我不要吃酒，今日我已到鄉里了，便吃兩碗兒，打什麼鳥緊！』朱貴不敢阻當他，由他吃。

當夜直吃到四更時分，安排些飯食，李逵吃了，趁五更曉星殘月，霞光明朗，便投村裏去。朱貴分付道：『休從小路去。衹從大樸樹轉彎，投東大路，一直望百丈村去，便是董店東。快取了母親來，和你早回山寨去。』李逵道：『我自從小路去，却不近？大路走，誰耐煩！』朱貴道：『小路走，多大蟲，又有乘勢奪包裹的剪徑賊人。』李逵應道：『我却怕甚鳥！』戴上氈笠兒，提了樸刀，跨了腰刀，别了朱貴、朱富，便出門投百丈村來。

約行了數十里，天色漸漸微明，去那露草之中，趕出一隻白兔兒來，望前路去了。李逵趕了一直，笑道：『那畜生倒引了我一程路！」有詩爲證：

山徑崎嶇靜變深，西風黃葉滿疏林。偶因逐兔過前界，不記倉忙行路心。

正走之間，衹見前面有五十來株大樹叢雜，時值新秋，葉兒正紅。李逵來到樹林邊廂，衹見轉過一條大漢，喝道：「是會的留下買路錢，免得奪了包裹！」李逵看那人時，戴一頂紅絹抓髯兒頭巾，穿一領粗布衲襖，手裏拿着兩把板斧，把黑墨搽在臉上。李逵見了，大喝一聲：「你這斯是什麽鳥人，敢在這裏剪徑！」那漢道：「若問我名字，嚇碎你心膽！老爺叫做黑旋風！你留下買路錢并包裹，便饒了你性命，容你過去。」李逵大笑道：「没你娘鳥興！你這斯是什麽人？那裏來的？也學老爺名目，在這裏胡行！」李逵挺起手中樸刀來奔那漢。那漢那裏抵當得住，却待要走，早被李逵腿股上一樸刀，搠翻在地。一脚踏住胸脯，喝道：「認得老爺麽？」那漢在地下叫道：「爺爺！饒恕孩兒性命！」李逵道：「我正是江湖上的好漢黑旋風李逵便是！你這斯辱没老爺名字！」那漢道：「小人雖然姓李，不是真的黑旋風。爲是爺爺江湖上有名目，提起好漢大名，神鬼也怕，因此小人盗學爺爺名目，胡亂在此剪徑。但有孤單客人經過，聽得説了黑旋風三個字，便撇了行李奔走了去，以此得這些利息，實不敢害人。小人自己的賤名叫做李鬼，衹在這前村住。」李逵道：「叵耐這斯無禮，却在這裏奪人的包裹行李，却壞我的名目，學我使兩把板斧，且教他先吃我一斧！」劈手奪過一把斧來便砍。李鬼慌忙叫道：「爺爺！殺我一個，便是殺我兩個！」李逵聽得，住了手問道：「怎的殺你一個便是殺你兩個？」李鬼道：「小人本不敢剪徑。家中因有個九十歲的老母，無人養贍，因此小人單題爺爺大名唬嚇人，奪些單身的包裹，養贍老母，其實并不曾敢害了一個人。如今爺爺殺了小人，家中老母必是餓殺。」

李逵雖是個殺人不眨眼的魔君，聽的説了這話，自肚裏尋思道：「我特地歸家來取娘，却倒殺了一個養娘的人，天地也不容我。罷罷，我饒了你這斯性命！」放將起來。李鬼手提着斧，納頭便拜。李逵道：「衹我便是真黑旋風。你從今已後，休要壞了俺的名目。」李鬼道：「小人今番得了性命，自回家改業，再不敢倚着爺爺名目，在這裏剪徑。」李逵道：「你有孝順之心，我與你十兩銀子做本錢，便去改業。」李鬼拜謝道：「重生的父母！再長的爹娘！」李逵便取出一錠銀子，把與李鬼，拜謝去了。

李逵自笑道：「這斯却撞在我手裏！既然他是個孝順的人，必去改業。我若殺了他，也不合天理。我也自去休。」拿了樸刀，一步步投山僻小路而來。

走到巳牌時分，看看肚裏又飢又渴，四下裏都是山徑小路，不見有一個酒店飯店。正走之間，衹見遠遠地山凹裏露出兩間草屋。李逵見了，奔到那人家裏來。衹見後面走出一個婦人來，髽髻鬢邊插一簇野花，搽一臉胭脂鉛粉。李逵放下樸刀，道：「嫂子，我是過路客人，肚中飢餓，尋不着酒食店。我與你一貫足錢，央你回些酒飯吃。」那婦人見了李逵這般模樣，不敢説没，衹得答道：「酒便没買處，飯便做些與客人吃了去。」李逵道：「也罷，衹多做些個，正肚中飢出鳥來。」那婦人道：「做一升米不少麽？」李逵道：「做三升米飯來吃。」那婦人向厨中燒起火來，便去溪邊淘了米，將來做飯。

李逵却轉過屋後山邊來凈手。衹見一個漢子，攧手攧脚，從山後歸來。李逵轉過屋後聽時，那婦人正要上山討菜，開後門見了，便問道：「大哥，那裏閃朒了腿？」那漢子應道：「大嫂，我險些兒和你不厮見了。你道我晦鳥氣麽！指望出去尋個單身的過，整整的等了半個月，不曾發市。甫能今日抹着一個，你道是誰？原來正是那真黑旋風！却恨撞着那驢鳥，我如何敵得他過！倒吃他一樸刀，搠翻在地，定要殺我。吃我假意叫道：『你殺我一個，却害了我兩個。』他便問我緣故。我便告道：『家中有個九十歲的老娘，無人贍養，定是餓死。』那驢鳥真個信我，饒了我性命，又與我一個銀子做本錢，教我改了業養娘。我恐怕他省悟了趕將來，且離了那林子裏，僻静處睡了一回，從後山走回家來。」那婦人道：「休要高聲！却才一個黑大漢來家中，教我做飯，莫不正是他？如今在門前坐地，

你去張一張看。若是他時，你去尋些麻藥來，放在菜內，教那廝吃了，麻翻在地。我和你却對付了他，謀得他些金銀，搬往縣裏住去，做些買賣，却不强似在這裏剪徑！』

李逵已聽得了，便道：『叵耐這厮！我倒與了他一個銀子，又饒了性命，他倒又要害我。這個正是情理難容！』一轉踅到後門邊。這李鬼却待出門，被李逵劈髯揪住。那婦人慌忙自望前門走了。李逵捉住李鬼，按翻在地，身邊掣出腰刀，早割下頭來。拿着刀，却奔前門尋那婦人時，正不知走那裏去了。再入屋內來，去房中搜看，衹見有兩個竹籠，盛些舊衣裳，底下搜得些碎銀兩并幾件釵環。李逵都拿了。又去李鬼身邊搜了那錠小銀子，都打縛在包裹裏。却去鍋裏看時，三升米飯早熟了，衹没菜蔬下飯。李逵盛飯來，吃了一回，看着自笑道：『好痴漢！放着好肉在面前，却不會吃！』拔出腰刀，便去李鬼腿上割下兩塊肉來，把些水洗净了，竈裏扒些炭火來便燒。一面燒，一面吃。吃得飽了，把李鬼的尸首拖放屋下，放了把火，提了樸刀，自投山路裏去了。那草屋被風一扇，都燒没了。有詩爲證：

劫掠貲財害善良，誰知天道降災殃。家園蕩盡身遭戮，到此翻爲没下場。

李逵趕到董店東時，日已平西。徑奔到家中，推開門，入進裏面。衹聽得娘在床上問道：『是誰人來？』李逵看時，見娘雙眼都盲了，坐在床上念佛。李逵道：『娘！鐵牛來家了！』娘道：『我兒，你去了許多時，這幾年正在那裏安身？你的大哥衹是在人家做長工，止博得些飯食吃，養娘全不濟事！我如常思量你，眼泪流乾，因此瞎了雙目。你一向正是如何？』李逵尋思道：『我若説在梁山泊落草，娘定不肯去。我衹假説便了。』李逵應道：『鐵牛如今做了官，上路特來取娘。』娘道：『恁地却好也！衹是你怎生和我去得？』李逵道：『鐵牛背娘到前路，却覓一輛車兒載去。』娘道：『你等大哥來，却商議。』李逵道：『等做什麽，我自和你去便了。』恰待要行，衹見李達提了一罐子飯來。

入得門，李逵見了，便拜道：『哥哥，多年不見。』李逵罵道：『你這廝歸來做甚？又來負累人！』娘便道：『鐵牛如今做了官，特地家來取我。』李逵道：『娘呀！休信他放屁！當初他打殺了人，教我披枷帶鎖，受了萬千的苦。如今又聽得他和梁山泊賊人通同，劫了法場，鬧了江州，現在梁山泊做了强盗。前日江州行移公文到來，着落原籍追捕正身，却要捉我到官比捕。又得財主替我官司分理，説：「他兄弟已自十來年不知去向，亦不曾回家，莫不是同名同姓的人冒供鄉貫？」又替我上下使錢，因此不吃官司杖限追要。現今出榜，賞三千貫捉他。你這廝不死，却走家來胡説亂道！』李逵道：『哥哥不要焦躁，一發和你同上山去快活，多少是好。』李達大怒。本待要打李逵，却又敵他不過，把飯罐撇在地下，一直去了。

李逵道：『他這一去，必然報人來捉我，却是脱不得身，不如及早走罷。我大哥從來不曾見這大銀，我且留下一錠五十兩的大銀子放在床上。大哥歸來見了，必然不趕來。』李逵便解下腰包，取一錠大銀放在床上，叫道：『娘，我自背你去休。』娘道：『你背我那裏去？』李逵道：『你休問我，祇顧去快活便了。我自背你去，不妨！』

李逵當下背了娘，提了樸刀，出門望小路裏便走。

却説李達奔來財主家報了，領着十來個莊客，飛也似趕到家裏看時，不見了老娘，祇見床上留下一錠大銀子。李達見了這錠大銀，心中忖道：『鐵牛留下銀子，背娘去那裏藏了？必是梁山泊有人和他來。我若趕去，倒吃他壞了性命。想他背娘，必去山寨裏快活。』衆人不見了李逵，都没做理會處。李達却對衆莊客説道：『這鐵牛背娘去，不知往那條路去了。這裏小路甚雜，怎地去趕他？』衆莊客見李達没理會處，各自回去了。不在話下。

這裏祇説李逵怕李達領人趕來，背着娘，祇奔亂山深處僻静小路而走。看看天色晚了。但見：

暮烟横遠岫，宿霧鎖奇峰。慈鴉撩亂投林，百鳥喧呼傍樹。行行雁陣墜長空，飛入蘆花；點點螢光明野徑，偏依腐草。茅荆夾路，驚聞更鼓之聲；古木懸崖，時見龍蛇之影。卷起金風飄敗葉，吹來霜氣布深山。

當下李逵背娘到嶺下，天色已晚了。娘雙眼不明，不知早晚。李逵却自認得這條嶺，唤做沂嶺。過那邊去，方才有人家。娘兒兩個趁着星明月朗，一步步捱上嶺來。娘在背上説道：『我兒，那裏討口水來我吃也好。』李逵道：『老娘，且待過嶺去，借了人家安歇了，做些飯吃。』娘道：『我日中吃了些乾飯，口渴的當不得。』李逵道：『我喉嚨裏也烟發火出。你且等我背你到嶺上，尋水與你吃。』娘道：『我兒，端的渴殺我也！救我一救！』李逵道：『我也困倦的要不得！』李逵看看捱得到嶺上松樹邊一塊大青石上，把娘放下，插了樸刀在側邊，分付娘道：『耐心坐一坐，我去尋水來你吃。』李逵聽得溪澗裏水響，聞聲尋將去，爬過了兩三處山脚，到得那澗邊看時，一溪好水。怎見得？有詩爲證：

穿崖透壑不辭勞，遠望方知出處高。溪澗豈能留得住，終歸大海作波濤。

李逵扒到溪邊，捧起水來自吃了幾口，尋思道：『怎地能彀得這水去把與娘吃？』立起身來，東觀西望，遠遠地山頂上見個庵兒。李逵道：『好了！』攀藤攬葛，上到庵前。推開門看時，却是個泗州大聖祠堂，面前有個石香爐。李逵用手去掇，原來却是和座子鑿成的。李逵拔了一回，那裏拔得動。一時性起來，連那座子掇出前面石階上一磕，把那香爐磕將下來。拿了再到溪邊，將這香爐水裏浸了，拔起亂草，洗得乾净，挽了半香爐水，雙手擎來，再尋舊路，夾七夾八走上嶺來。

到得松樹裏邊，石頭上不見了娘，祇見樸刀插在那裏。李逵叫娘吃水，杳無踪迹，叫了幾聲不應。李逵定住眼，四下裏看時，尋不見娘。走不得三十餘步，祇見草地上一段血迹。李逵見了，心裏越疑惑。趁着那血迹尋將去。尋到一處大洞口，祇見兩個小虎兒在那裏舐一條人腿。李逵心裏忖道：『我從梁山泊歸來，特爲老娘來取他。千辛萬苦背到這裏，却把來與你吃了！那鳥大蟲拖着這條人腿，不是我娘的是誰的！』心頭火起，赤黄鬚竪立起來，將手中樸刀挺起，來搠那兩個小虎。這小大蟲被搠得慌，也張牙舞爪，鑽向前來。被李逵手起，先搠死了一個，那一個望洞裏便鑽了入去，李逵趕到洞裏，也搠死了，却鑽入那大蟲洞內。李逵却便伏在裏面張外面時，衹見那母大蟲張牙舞爪，望窩裏來。李逵道：『正是你這業畜吃了我娘！』放下樸刀，胯邊掣出腰刀。那母大蟲到洞口，先把尾去窩裏一剪，便把後半截身軀坐將入去。李逵在窩內看得仔細，把刀朝母大蟲尾底下，盡平生氣力，捨命一戳，正中那母大蟲糞門。李逵使得力重，和那刀靶也直送入肚裏去了。那老大蟲吼了一聲，就洞口帶着刀，跳過澗邊去了。李逵却拿了樸刀，就洞裏趕將出來。那老虎負疼，直搶下山石岩下去了。李逵恰待要趕，衹見就樹邊卷起一陣狂風，吹得敗葉樹木如雨一般打將下來。自古道：雲生從龍，風生從虎。那一陣風起處，星月光輝之下，大吼了一聲，忽地跳出一隻吊睛白額虎來。李逵看那大蟲，但見：

一聲吼叫轟霹靂，兩眼圓睜閃電光。摇頭擺尾欺存孝，舞爪張牙啖狄梁。

那大蟲望李逵勢猛一撲。那李逵不慌不忙，趁着那大蟲的勢力，手起一刀，正中那大蟲頷下。那大蟲不曾再展再撲，一者護那疼痛，二者傷着他那氣管。那大蟲退不勾五七步，衹聽得響一聲，如倒半壁山，登時間死在岩下。那李逵一時間殺了子母四虎，還又到虎窩邊，將着刀，復看了一遍，衹恐還有大蟲。已無有踪迹。李逵也困乏了，走向泗州大聖廟裏，睡到天明。次日早晨，李逵却來收拾親娘的兩腿及剩的骨殖，把布衫包裹了，直到泗州大聖庵後掘土坑葬了。李逵大哭了一場。有詩爲證：

沂嶺西風九月秋，雌雄猛虎聚林丘。因將老母身軀啖，致使英雄血泪流。
手執鋼刀探虎穴，心如烈火報冤仇。立誅四虎威神力，千古傳名李鐵牛。

這李逵肚裏又飢又渴，不免收拾包裹，拿了樸刀，尋路慢慢地走過嶺來。衹見五七個獵戶，都在那裏收窩弓弩箭。見了李逵一身血污，行將下嶺來，衆獵戶吃了一驚，問道：『你這客人莫非是山神土地？如何敢獨自過嶺來？』李逵見問，自肚裏尋思道：如今沂水縣出榜賞三千貫錢捉我，我如何敢説實話？衹謊説罷。』答道：『我是客人。昨夜和娘過嶺來，因我娘要水吃，我去嶺下取水，被那大蟲把我娘拖去吃了。我直尋到虎巢裏，先殺了兩個小虎，後殺了兩個大虎。泗州大聖廟裏睡到天明，方才下來。』衆獵戶齊叫道：『不信你一個人如何殺得四個虎？便是李存孝和子路，也衹打得一個。這兩個小虎且不打緊，那兩個大虎非同小可。我們爲這兩個畜生，正不知都吃了幾頓棍棒。這條沂嶺，自從有了這窩虎在上面，整三五個月没人敢行。我們不信！敢是你哄我？』李逵道：『我又不是此間人，没來由哄你做什麽！你們不信，我和你上嶺去，尋討與你，就帶些人去扛了下來。』衆獵戶道：『若端的有時，我們自得重重地謝你。却是好也！』

衆獵戶打起唿哨來，一霎時，聚起三五十人，都拿了撓鈎槍棒，跟着李逵，再上嶺來。此時，天大明朗。都到那山頂上，遠遠望見窩邊果然殺死兩個小虎，一個在窩內，一個在外面；一隻母大蟲死在山岩邊；一隻雄虎死在泗州大聖廟前。衆獵戶見了殺死四個大蟲，盡皆歡喜，便把索子抓縛起來。衆人扛抬下嶺，就邀李逵同去請賞。一面先使人報知里正上户，都來迎接着，抬到一個大户人家，唤做曹太公莊上。那人原是閑吏，專一在鄉放刁把濫，近來暴有幾貫浮財，衹是爲人行短。當時曹太公親自接來，相見了，邀請李逵到草堂上坐定，動問那殺虎的緣由。李逵却把夜來同娘到嶺上要水吃，因此殺死大蟲的話，説了一遍。衆人都呆了。曹太公動問：『壯士高姓名諱？』李逵答道：『我姓張，無名，衹唤做張大膽。』曹太公道：『真乃是大膽壯士！不恁的膽大，如何殺的四個大蟲！』一壁厢叫安排酒食管待。不在話下。

且説當村裏得知沂嶺殺了四個大蟲，抬在曹太公家，講動了村坊道店，哄的前村後村，山僻人家，大男幼女，成群拽隊都來看虎。入見曹太公相待着打虎的壯士在廳上吃酒。數中却有李鬼的老婆，逃在前村爹娘家裏，隨着衆人也來看虎，却認得李逵的模樣，慌忙來家對爹娘説道：『這個殺虎的黑大漢，便是殺我老公，燒了我屋的。他正是梁山泊黑旋風李逵。』爹娘聽得，連忙來報知里正。里正聽了道：『他既是黑旋風時，正是嶺後百丈村打死了人的李逵。逃走在江州，又做出事來，行移到本縣原籍追捉。如今官司出三千貫賞錢拿他。他却走在這裏！』暗地使人去請得曹太公到來商議。曹太公推道更衣，急急的到里正家。里正說：『這個殺虎的壯士，便是嶺後百丈村裏的黑旋風李逵。現今官司着落拿他。』曹太公道：『你們要打聽得仔細。倘不是時，倒惹得不好。若真個是時，却不妨。要拿他時，也容易，衹怕不是他時，却難。』里正道：『現有李鬼的老婆認得。他曾來李鬼家做飯吃，殺了李鬼。』曹太公道：『既是如此，我們且衹顧置酒請他，却問他：今番殺了大蟲，還是要去縣請功，衹是要村裏討賞？若還他不肯去縣裏請功時，便是黑旋風了。着人輪換把盞，灌得醉了，縛在這裏，却去報知本縣，差都頭來取去。萬無一失。』衆人道：『說得是。』里正說與衆人，商量定了。有《浣溪沙》詞爲證：

殺却凶人毀却房，西風林下路匆忙，忽逢猛虎聚前岡。格殺雖除村嶺患，潛謀難免報仇殃，脫離羅網更高强。

曹太公回家來款住李逵，一面且置酒來相待，便道：『適間拋撇，請勿見怪。且請壯士解下腰間包裹，放下樸刀，寬鬆坐一坐。』李逵道：『好，好！我的腰刀已搠在雌虎肚裏了，衹有刀鞘在這裏。若是開剥時，可討來還我。』曹太公道：『壯士放心，我這裏有的是好刀，相送一把與壯士懸帶。』李逵解了腰間刀鞘，并纏袋包裹，都遞與莊客收貯，便把樸刀倚在壁邊。曹太公叫取大盤肉來，大壺酒來，衆多大户并里正獵户人等，輪番把盞，大碗大鍾衹顧勸李逵。曹太公又請問道：『不知壯士要將這虎解官請功，衹是在這裏討些賫發？』李逵道：『我是過往客人，忙些個。偶然殺了這窩猛虎，不須去縣裏請功。衹此有些賫發便罷。若無，我也去了。』曹太公道：『如何敢輕慢了壯士！少刻村中斂取盤纏相送。我這裏自解虎到縣裏去。』李逵道：『布衫先借一領與我換了上蓋。』曹太公道：『有，有。』當時便取一領細青布衲襖，就與李逵換了身上的血污衣裳。衹見門前鼓響笛鳴，都將酒來與李逵把盞作慶。一杯冷，一杯熱，李逵不知是計，衹顧開懷暢飲，全不記宋江分付的言語。不兩個時辰，把李逵灌得酩酊大醉，立脚不住。衆人扶到後堂空屋下，放翻在一條板凳上，就取兩條繩子，連板凳綁住了。便叫里正帶人飛

也似去縣裏報知，就引李鬼老婆去做原告，補了一紙狀子。

此時哄動了沂水縣裏。知縣聽的大驚，連忙升廳問道：『黑旋風拿住在那裏？這是謀叛的人，不可走了！』原告人并獵户答應道：『現縛在本鄉曹大户家。爲是無人禁得他，誠恐有失，路上走了，不敢解來。』知縣隨即叫喚本縣都頭去取來。就廳前轉過一個都頭來聲喏。那人是誰？有詩爲證：

面闊眉濃鬚鬢赤，雙睛碧綠似番人。沂水縣中青眼虎，豪杰都頭是李雲。

當下知縣喚李雲上廳來分付道：『沂嶺下曹大户莊上拿住黑旋風李逵。你可多帶人去，密地解來，休要哄動村坊，被他走了。』李都頭領臺旨下廳來了，點起三十個老郎土兵，各帶了器械，便奔沂嶺村中來。

這沂水縣是個小去處，如何掩飾得過。此時街市上講動了，說道：『拿着了鬧江州的黑旋風，如今差李都頭去拿來。』朱貴在東莊門外朱富家聽得了這個消息，慌忙來後面對兄弟朱富說道：『這黑厮又做出來了！如何解救？宋公明特爲他誠恐有失，差我來打聽消息。如今他吃拿了，我若不救得他時，怎的回寨去見哥哥？似此怎生是好！』朱富道：『大哥且不要慌。這李都頭一身好本事，有三五十人近他不得。我和你衹兩個同心合意，如何敢近傍他？衹可智取，不可力敵。李雲日常時最是愛我，常常教我使些器械。我却有個道理對他，衹是在這裏安不得身了。今晚煮了三二十斤肉，將十數瓶酒，把肉大塊切了，却將些蒙汗藥拌在裏面。我兩個五更帶數個火家，挑着去半路裏僻靜處等候，他解來時，衹做與他把酒賀喜，將衆人都麻翻了，却放李逵，如何？』朱貴道：『此計大妙。事不宜遲，可以整頓，及早便去！』朱富道：『衹是李雲不會吃酒，便麻翻了，終久醒得快。還有件事：倘或日後得知，須在此安身不得。』朱貴道：『兄弟，你在這裏賣酒也不濟事。不如帶領老小，跟我上山，一發入了伙。論秤分金銀，換套穿衣服，却不快活！今夜便叫兩個火家，覓了一輛車兒，先送妻子和細軟行李起身，約在十里牌等候，都去上山。我如今包裹内帶得一包蒙汗藥在這裏，李雲不會吃酒時，肉裏多糁些，逼着他多吃些，

也麻倒了。救得李逵，同上山去，有何不可。』朱富道：『哥哥説得是。』便叫人去覓下了一輛車兒，打拴了三五個包箱，捎在車兒上，家中粗物都弃了。叫渾家和兒女上了車子，分付兩個火家跟着。車子衹顧先去，且説朱貴、朱富當夜煮熟了肉，切做大塊，將藥來拌了，連酒裝做兩擔，帶了二三十個空碗，又有若干菜蔬，也把藥來拌了。恐有不吃肉的，也教他着手。兩擔酒肉，兩個火家各挑一擔。弟兄兩個自提了些果盒之類。四更前後，直接將來僻静山路口坐等。到天明，遠遠地衹聽得敲着鑼響。朱貴接到路口。

且説那三十來個士兵，自村裏吃了半夜酒，四更前後，把李逵背剪綁了解將來。後面李都頭坐在兜轎兒上。看看早來到面前，朱富便向前攔住，叫道：『師父且喜！小弟將來接力。』桶内舀一壺酒來，斟一大鍾，上勸李雲。朱貴托着肉來，火家捧過果盒。李雲見了，慌忙下轎，跳向前來説道：『賢弟，何勞如此遠接！』朱富道：『聊表徒弟的孝順之心。』李雲接過酒來，到口不吃。朱富跪下道：『小弟已知師父不飲酒，今日這個喜酒，也飲半盞兒。見徒弟的孝順之意。』李雲推却不過，略呷了兩口。朱富便道：『師父不飲酒，須請些肉。』李雲道：『夜間已飽，吃不得了。』朱富道：『師父行了許多路，肚裏也飢了。雖不中吃，胡亂請些，也免小弟之羞。』揀兩塊好的遞將過來。李雲見他如此殷勤，衹得勉意吃了兩塊。朱富把酒來勸上户里正并獵户人等，都勸了三鍾。朱貴便叫士兵莊客衆人都來吃酒。這伙男女那裏顧個冷熱好吃不好吃，酒肉到口，衹顧吃，正如這風卷殘雲，落花流水，一齊上來搶着吃了。

李逵光着眼，看了朱貴弟兄兩個，已知用計，故意道：『你們也請我吃些！』朱貴喝道：『你是歹人，有何酒肉與你吃！這般殺才，快閉了口！』李雲看着士兵，喝道：『快走！』衹見一個個都面面厮覷，走動不得，口顫脚麻，都跌倒了。李雲急叫：『中了計了！』恰待向前，不覺自家也頭重脚輕，暈倒了，軟做一堆，睡在地下。當時朱貴、朱富各奪了一條樸刀，喝聲：『孩兒們休走！』兩個挺起樸刀來趕這伙不曾吃酒肉的莊客，并那看的人。

走得快的走了，走得遲的就搠死在地。李逵大叫一聲，把那綁縛的麻繩都掙斷了，便奪過一條樸刀來殺李雲。朱富慌忙攔住，叫道：『不要害他！是我的師父，爲人最好。你衹顧先走。』李逵應道：『不殺得曹太公老驢，如何出得這口氣！』李逵趕上，手起一樸刀，先搠死曹太公并李鬼的老婆。續後里正也殺了。性起來，把獵户排頭兒一味價搠將去。那三十來個士兵都被搠死了。這看的人和衆莊客，衹恨爹娘少生兩隻脚，却望深村野路逃命去了。

李逵還衹顧尋人要殺。朱貴喝道：『不干看的人事，休衹管傷人！』慌忙攔住。李逵方才住了手，就士兵身上剥了兩件衣服穿上。三個人提着樸刀，便要從小路裏走。朱富道：『不好，却是我送了師父性命！他醒時，如何見的知縣？必然趕來。你兩個先行，我等他一等。我想他日前教我的恩義，且是爲人忠直，等他趕來，就請他一發上山入伙，也是我的恩義，免得教回縣去吃苦。』朱貴道：『兄弟，你也見的是。我便先去跟了車子行，留李逵在路傍幫你等他。衹有李雲那厮吃的藥少，没一個時辰便醒。若是他不趕來時，你們兩個休執迷等他。』朱富道：『這是自然了。』

當下朱貴前行去了。衹説朱富和李逵坐在路傍邊等候。果然不到一個時辰，衹見李雲挺着一條樸刀，飛也似趕來，大叫道：『强賊休走！』李逵見他來的凶，跳起身，挺着樸刀來鬥李雲，恐傷朱富。正是，有分教：梁山泊内添雙虎，聚義廳前慶四人。

畢竟黑旋風鬥青眼虎，二人勝敗如何，且聽下回分解。

第四十四回　錦豹子小徑逢戴宗　病關索長街遇石秀

以上宋江既入山寨，一切綫頭都結矣，不得已，生出戴宗尋取公孫，別開機扣，便轉出楊雄、石秀一篇錦綉文章，乃至直帶出三打祝家無數奇觀。而此一回，則正其過接長養之際也。貪游名山者，須耐仄路。貪食熊蹯者，須耐慢火。貪看月華者，須耐深夜。貪見美人者，須耐梳頭。如此一回，固願讀者之耐之也。

看他一路無數小文字，都復有一丘一壑之妙。不似他書，一望平原而已。

一部收尾，此篇獨居第一。

話説當時李逵挺着樸刀來鬥李雲。兩個就官路旁邊鬥了五七合，不分勝敗。朱富便把樸刀去中間隔開，叫道：『且不要鬥！都聽我説。』二人都住了手。朱富道：『師父聽説：小弟多蒙錯愛，指教槍棒，非不感恩。祇是我哥哥朱貴，現在梁山泊做了頭領，今奉及時雨宋公明將令，着他來照管李大哥。不爭被你拿了解官，教我哥哥如何回去見得宋公明？因此做下這場手段。却才李大哥乘勢要壞師父，却是小弟不肯容他下手，祇殺了這些士兵。我們本待去得遠了，猜道師父回去不得，必來趕我。小弟又想師父日常恩念，特地在此相等。師父，你是個精細的人，有甚不省得？如今殺害了許多人性命，又走了黑旋風，你怎生回去見得知縣？你若回去時，定吃官司責怪，又無人來相救。不如今日和我們一同上山，投奔宋公明入了伙。未知尊意若何？』李雲尋思了半晌，便道：『賢弟，祇怕他那裏不肯收留我麽？』朱富笑道：『師父，你如何不知山東及時雨大名，專一招賢納士，結識天下好漢。』李雲聽了，嘆口氣道：『閃得我有家難奔，有國難投！祇喜得我又無妻小，不怕吃官司拿了。祇得隨你們去休！』李逵便笑道：『我哥哥，你何不早説！』便和李雲剪拂了。這李雲不曾娶老小，亦無家當。當下三人合作一處，來趕車子。半路上朱貴接見了，大喜。

四籌好漢跟了車仗便行。于路無話。看看相近梁山泊，路上又迎着馬麟、鄭天壽。都相見了，説道：『晁、

宋二頭領又差我兩個下山來探聽你消息。今既見了，我兩個先去回報。』當下二人先上山來報知。次日，四籌好漢帶了朱富家眷，都至梁山泊大寨聚義廳來。朱貴向前，先引李雲拜見晁、宋二頭領，相見衆好漢，説道：『此人是沂水縣都頭，姓李名雲，綽號青眼虎。』次後，朱貴引朱富參拜衆位，説道：『這是捨弟朱富，綽號笑面虎。』都相見了。李逵訴説取娘至沂嶺，被虎吃了，因此殺了四虎。又説假李逵剪徑被殺一事。衆人大笑。晁、宋二人笑道：『被你殺了四個猛虎，今日山寨裏又添的兩個活虎上山，正宜作慶。』衆多好漢大喜，便教殺羊宰牛，做筵席慶賀。兩個新到頭領，晁蓋便叫去左邊白勝上首坐定。

吴用道：『近來山寨十分興旺，感得四方豪杰望風而來，皆是二公之德也，衆兄弟之福也。然是如此，還請朱貴仍復掌管山東酒店，替回石勇、侯健。朱富老小另撥一所房舍住居。目今山寨事業大了，非同舊日，可再設三處酒館，專一探聽吉凶事情，往來義士上山。如若朝廷調遣官兵捕盗，可以報知如何進兵，好做準備。西山地面廣闊，可令童威、童猛弟兄兩個帶領十數個火伴那裏開店。令李立帶十數個火家，去山南邊那裏開店。令石勇也帶十來個伴當，去北山那裏開店。仍復都要設立水亭、號箭、接應船隻，但有緩急軍情，飛捷報來。山前設置三座大關，專令杜遷總行守把。但有一應委差，不許調遣。早晚不得擅離。』又令陶宗旺把總監工，掘港汊，修水路，開河道，整理宛子城垣，築彼山前大路。他原是莊户出身，修理久慣。令蔣敬掌管庫藏倉廒，支出納入，積萬累千，精通書算。令蕭讓設置寨中寨外、山上山下、三關把隘許多行移關防文約、大小頭領號數。煩令金大堅刊造雕刻一應兵符、印信、牌面等項。令侯健管造衣袍鎧甲、五方旗號等件。令李雲監造梁山泊一應房舍廳堂。令馬麟監管修造大小戰船。令宋萬、白勝去金沙灘下寨。令王矮虎、鄭天壽去鴨嘴灘下寨。令穆春、朱富管收山寨錢糧。吕方、郭盛于聚義廳兩邊耳房安歇。令宋清專管筵宴。都分撥已定，筵席了三日。不在話下。梁山泊自此無事，每日祇是操練人馬，教演武藝。水寨裏頭領都教習駕船赴水，船上厮殺。亦不在話下。

忽一日，宋江與晁蓋、吳學究并衆人閑話道：『我等弟兄衆位，今日都共聚大義，衹有公孫一清不見回還。我想他回薊州探母參師，期約百日便回，今經日久，不知信息，莫非昧信不來？可煩戴宗兄弟與我去走一遭，探聽他虚實下落，如何不來。』戴宗道：『願往。』宋江大喜，説道：『衹有賢弟去得快，旬日便知信息。』

當日戴宗别了衆人，次早打扮做個承局，下山去了。但見：

雖爲走卒，不占軍班。一生常作异鄉人，兩腿欠他行路債。尋常結束，青衫皂帶系其身；趕趁程途，信籠文書常愛護。監司出入，皂花藤杖挂宣牌；帥府行軍，夾棒黄旗書令字。家居千里，日不移時便到廳階；緊急軍情，時不過刻不違宣限。早向山東餐黍米，晚來魏府吃鵝梨。

且説戴宗自離了梁山泊，取路望薊州來，把四個甲馬拴在腿上，作起神行法來。于路衹吃些素茶素食。在路行了三日，來到沂水縣界，衹聞人説道：『前日走了黑旋風，傷了好多人，連累了都頭李雲，不知去向，至今無獲處。』戴宗聽了冷笑。當日正行之次，衹見遠遠地轉過一個人來。看見了戴宗走得快，那人立住了脚，便叫一聲：『神行太保。』戴宗聽得，回過臉來定睛看時，見山坡下小徑邊立着一個大漢。怎生模樣？但見：

白范陽笠子，如銀盤拖着紅纓；皂團領戰衣，似翡翠圍成錦綉。搭膊絲縧纏裹肚，腿絣護膝襯鞝鞋。沙魚鞘斜插腰刀，筆管槍銀絲纏杆。那人頭圓耳大，鼻直口方。生得眉秀目疏，腰細膀闊。遠看毒龍離石洞，近觀飛虎下雲端。

戴宗聽得那人叫了一聲『神行太保』，連忙回轉身來問道：『壯士素不曾拜識，如何呼唤賤名？』那漢慌忙答道：『足下真乃是神行太保！』撇了槍，便拜倒在地。戴宗連忙扶住答禮，問道：『足下高姓大名？』那漢道：『小弟姓楊名林，祖貫彰德府人氏。多在緑林叢中安身，江湖上都叫小弟做錦豹子楊林。數月之前，路上酒肆裏遇見公孫勝先生，同在店中吃酒相會，備説梁山泊晁、宋二公招賢納士，如此義氣。寫下一封書，教小弟自來投大寨入伙。衹是不敢擅進，誠恐不納。因此心意未定，進退蹉跎，不曾敢來。外日公孫先生所説，李家道口舊有朱貴開酒店在彼，招引上山入伙的人。山寨裏亦有一個招賢飛報頭領，唤做神行太保戴院長，日行八百里路。今見兄長行步非常，因此唤一聲看，不想果是仁兄。正是天幸，無心而得遇！』戴宗道：『小可特爲公孫勝先生回薊州去杳無音信，今奉晁、宋二公將令，差遣來薊州探聽消息，尋取公孫勝還寨。不期却遇足下相會。』楊林道：『小弟雖是彰德府人，這薊州管下地方州郡都走遍了，倘若不弃，就隨侍兄長同走一遭。』戴宗道：『若得足下作伴，實是萬幸。尋得公孫先生見了，一同回梁山泊去未遲。』

楊林見説了，大喜，就邀住戴宗，結拜爲兄。戴宗收了甲馬，兩個緩緩而行，到晚就投村店歇了。楊林置酒請戴宗。戴宗道：『我使神行法，不敢食葷。』兩個衹買些素飯相待，結義爲兄弟。過了一夜，次日早起，打火吃了早飯，收拾動身。楊林便問道：『兄長使神行法走路，小弟如何走得上？衹怕同行不得。』戴宗笑道：『我的神行法也帶得人同走。我把兩個甲馬拴在你腿上，作起法來，也和我一般走得快，要行便行，要住便住。不然，你如何趕得我走！』楊林道：『衹恐小弟是凡胎濁骨的人，比不得兄長神體。』戴宗道：『不妨。是我的這法，諸人都帶得，作用了時，和我一般行。衹是我自吃素，并無妨礙。』當時取兩個甲馬，替楊林縛在腿上。戴宗也衹縛了兩個。作用了神行法，吹口氣在上面，兩個輕輕地走了去，要緊要慢，都隨着戴宗行。兩個于路閑説些江湖上的事。雖衹見緩緩而行，正不知走了多少路。

兩個行到巳牌時分，前面來到一個去處，四圍都是高山，中間一條驛路。楊林却自認得，便對戴宗説道：『哥哥，此間地名唤做飲馬川。前面兀那高山裏常常有大伙在内，近日不知如何。因爲山勢秀麗，水繞峰環，以此唤做飲馬川。』兩個正來到山邊過，衹聽得忽地一聲鑼響，戰鼓亂鳴，走出一二百小嘍囉，攔住去路。當先擁着兩籌好漢，各挺一條樸刀，大喝道：『行人須住脚！你兩個是什麽鳥人？那裏去的？會事的快把買路錢來，饒你兩個性命！』楊林笑道：『哥哥，你看我結果那呆鳥！』拈着筆管槍，搶將入去。那兩個頭領見他來得凶，走近前來看了，上首的那個便叫道：『且不要動手！兀的不是楊林哥哥麽？』楊林見了，却才認得。上首那個大漢提着軍器向前剪拂了，便喚下首這個長漢都來施禮罷。楊林請過戴宗，說道：『兄長且來和這兩個弟兄相見。』戴宗問道：『這兩個壯士是誰？如何認得賢弟？』楊林便道：『這個認得小弟的好漢，他原是蓋天軍襄陽府人氏，姓鄧名飛，爲他雙睛紅赤，江湖上人都喚他做火眼狻猊。能使一條鐵鏈，人皆近他不得。多曾合伙。一别五年，不曾見面。誰想今日他却在這裏相遇着。』鄧飛便問道：『楊林哥哥，這位兄長是誰？必不是等閑人也。』楊林道：『我這仁兄是梁山泊好漢中神行太保戴宗的便是。』鄧飛聽了道：『莫不是江州的戴院長，能行八百里路程的？』戴宗答道：『小可便是。』那兩個頭領慌忙剪拂道：『平日祇聽得説大名，不想今日在此拜識尊顔。』戴宗看那鄧飛時，生得如何？有詩爲證：

原是襄陽關撲漢，江湖飄蕩不思歸。多餐人肉雙睛赤，火眼狻猊是鄧飛。

當下二位壯士施禮罷。戴宗又問道：『這位好漢高姓大名？』鄧飛道：『我這兄弟姓孟名康，祖貫是真定州人氏。善造大小船隻。原因押送花石綱，要造大船，嗔怪這提調官催并責罰，他把本官一時殺了，弃家逃走在江湖上緑林中安身，已得年久。因他長大白净，人都見他一身好肉體，起他一個綽號，叫他做玉幡竿孟康。』戴宗見説大喜。看那孟康時，怎生模樣？有詩爲證：

能攀强弩衝頭陣，善造艨艟越大江。真州妙手樓船匠，白玉幡竿是孟康。

當時戴宗見了二人，心中甚喜。四籌好漢説話間，楊林問道：『二位兄弟在此聚義幾時了？』鄧飛道：『不瞞兄長説，也有一年之上。祇近半載之前，在這直西地面上遇着一個哥哥，姓裴名宣，祖貫是京兆府人氏。原是本府六案孔目出身，極好刀筆。爲人忠直聰明，分毫不肯苟且，本處人都稱他鐵面孔目。亦會拈槍使棒，舞劍輪刀，智勇足備。爲因朝廷除將一員貪濫知府到來，把他尋事刺配沙門島，從我這裏經過，被我們殺了防送公人，救了

他在此安身，聚集得三二百人。這裴宣極使得好雙劍，讓他年長，見在山寨中爲主。煩請二位義士同往小寨相會片時。』便叫小嘍囉牽過馬來，請戴宗、楊林都上了馬，四騎馬望山寨來。行不多時，早到寨前，下了馬。裴宣已有人報知，連忙出寨降階而接。戴宗、楊林看裴宣時，果然好表人物，生得面白肥胖，四平八穩，心中暗喜。怎見得？有詩爲證：

問事時智巧心靈，落筆處神號鬼哭。心平恕毫發無私，稱裴宣鐵面孔目。

當下裴宣出寨來，降階迎接，邀請二位義士到聚義廳上。俱各講禮罷，謙讓戴宗正面坐了，次是裴宣、楊林、鄧飛、孟康，五籌好漢，賓主相待，坐定筵宴。當日大吹大擂飲酒，一團和氣。看官聽説：這也都是地煞星之數，時節到來，天幸自然義聚相逢。

衆人吃酒中間，戴宗在筵上説起晁、宋二頭領招賢納士，結識天下四方豪杰，待人接物一團和氣，仗義疏財，許多好處。衆頭領同心協力，八百里梁山泊如此雄壯，中間宛子城、蓼兒窪，四下裏都是茫茫烟水，更有許多軍馬，何愁官兵到來。祇管把言語説他三個。裴宣回道：『小弟寨中，也有三百來人馬，財賦亦有十餘輛車子，糧食草料不算。倘若仁兄不弃微賤時，引薦于大寨入伙，願聽號令效力。未知尊意若何？』戴宗大喜道：『晁、宋二公待人接物，并無异心。更得諸公相助，如錦上添花。若果有此心，可便收拾下行李，待小可和楊林去薊州見了公孫勝先生回來，那時一同扮做官軍，星夜前往。』衆人大喜。酒至半酣，移去後山斷金亭上看那飲馬川景致吃酒。端的好個飲馬川。但見：

一望茫茫野水，周回隱隱青山。幾多老樹映殘霞，數片彩雲飄遠岫。荒田寂寞，應無稚子看牛；古渡凄涼，那得奚人飲馬。祇好强人安寨柵，偏宜好漢展旌旗。

戴宗看了這飲馬川一派山景，喝采道：『好山好水，真乃秀麗！你等二位如何來得到此？』鄧飛道：『原是

幾個不成材小厮們在這裏屯扎，後被我兩個來奪了這個去處。」衆皆大笑。五籌好漢吃得大醉。裴宣起身舞劍助酒，戴宗稱贊不已。至晚各自回寨内安歇。次日，戴宗定要和楊林下山。三位好漢苦留不住，相送到山下作別，自回寨裏來收拾行裝，整理動身。不在話下。

且説戴宗和楊林離了飲馬川山寨，在路曉行夜住，早來到薊州城外，投個客店安歇了。楊林便道：「哥哥，我想公孫勝先生是個出家人，必在山間林下村落中住，不在城裏。」戴宗道：「説得是。」當時二人先到城外，到處詢問公孫勝先生下落消息，并無一個人曉得他。住了一日，次早起來，又去遠近村坊街市訪問人時，亦無一個認得。兩個又回店中歇了。第三日，戴宗道：「敢怕城中有人認得他？」當日和楊林却入薊州城裏來尋他。兩個尋問老成人時，都道：「不認得。敢不是城中人？祇怕是外縣名山大刹居住。」

楊林正行到一個大街，祇見遠遠地一派鼓樂，迎將一個人來。戴宗、楊林立在街上看時，前面兩個小牢子，一個駝着許多禮物花紅，一個捧着若干段子彩繒之物，後面青羅傘下罩着一個押獄劊子。那人生得好表人物，露出藍靛般一身花綉，兩眉入鬢，鳳眼朝天，淡黄面皮，細細有幾根髭髯。那人祖貫是河南人氏，姓楊名雄。因跟一個叔伯哥哥來薊州做知府，一向流落在此。續後一個新任知府却認得他，因此就參他做兩院押獄兼充市曹行刑劊子。因爲他一身好武藝，面貌微黄，以此人都稱他做病關索楊雄。有一首《臨江仙》詞，單道着楊雄好處。但見：

兩臂雕青鎸嫩玉，頭巾環眼嵌玲瓏。鬢邊愛插翠芙蓉。背心書劊字，衫串染猩紅。問事廳前逞手段，行刑處刀利如風。微黄面色細眉濃。人稱病關索，好漢是楊雄。

當時楊雄在中間走着，背後一個小牢子擎着鬼頭靶法刀。原來才去市心裏決刑了回來，衆相識與他挂紅賀喜，送回家去，正從戴宗、楊林面前迎將過來，一簇人在路口攔住了把盞。祇見側首小路裏又撞出七八個軍漢來，爲頭的一個叫做踢殺羊張保。這漢是薊州守御城池的軍，帶着這幾個都是城裏城外時常討閑錢使的破落户漢子，官司累次奈何他不改。爲見楊雄原是外鄉人來薊州，有人懼怕他，因此不怯氣。當日正見他賞賜得許多緞匹，帶了這幾個没頭神，吃得半醉，却好趕來要惹他。又見衆人攔住他在路口把盞，那張保撥開衆人，鑽過面前叫道：「節級，拜揖。」楊雄道：「大哥來吃酒。」張保道：「我不要酒吃，我特來問你借百十貫錢使用。」楊雄道：「雖是我認得大哥，不曾錢財相交，如何問我借錢？」張保道：「你今日詐得百姓許多財物，如何不借我些？」楊雄應道：「這都是别人與我做好看的，怎麽是詐得百姓的？你來放刁！我與你軍衛有司，各無統屬！」張保不應，便叫衆人向前一哄，先把花紅緞子都搶了去。楊雄叫道：「這厮們無禮！」却待向前打那搶物事的人，被張保劈胸帶住，背後又是兩個來拖住了手。那幾個都動起手來，小牢子們各自回避了。

楊雄被張保并兩個軍漢逼住了，施展不得，祇得忍氣，解拆不開。正鬧中間，祇見一條大漢挑着一擔柴來，看見衆人逼住楊雄動彈不得。那大漢看了，路見不平，便放下柴擔，分開衆人，前來勸道：「你們因甚打這節級？」那張保睁起眼來喝道：「你這打脊餓不死凍不殺的乞丐，敢來多管！」那大漢大怒，焦躁起來，將張保劈頭祇一提，一跤攧翻在地。那幾個幫閑的見了，却待要來動手，早被那大漢一拳一個，都打的東倒西歪。楊雄方才脱得身，把出本事來施展動，一對拳頭，穿梭相似。那幾個破落户，都打翻在地。張保尷尬不是頭，爬將起來，一直走了。楊雄忿怒，大踏步趕將去。張保跟着搶包袱的走，楊雄在後面追着，趕轉小巷去了。那大漢兀自不歇手，在路口尋人厮打。戴宗、楊林看了，暗暗地喝采道：「端的是好漢！此乃路見不平，拔刀相助。真壯士也！」有詩爲證：

路見不平真可怒，拔刀相助是英雄。那堪石秀真豪杰，慷慨相投入伙中。

當時戴宗、楊林向前邀住，勸道：「好漢且看我二人薄面，且罷休了。」兩個把他扶勸到一個巷内。楊林替他挑了柴擔，戴宗挽住那漢手，邀入酒店裏來。楊林放下柴擔，同到閣兒裏面。那大漢叉手道：「感蒙二位大哥解救了小人之禍。」戴宗道：「我弟兄兩個也是外鄉人，因見壯士仗義之心，祇恐足下拳手太重，誤傷人命，特地做這個出場。請壯士酌三杯，到此相會，結義則個！』那大漢道：『多得二位仁兄解拆小人這場，却又蒙賜酒相待，實是不當。』楊林便道：『四海之內，皆兄弟也。有何傷乎！且請坐。』戴宗相讓，那漢那裏肯僭上。戴宗、楊林一帶坐了。那漢坐于對席。叫過酒保，楊林身邊取出一兩銀子來，把與酒保道：『不必來問。但有下飯，衹顧買來與我們吃了，一發總算。』酒保接了銀子去，一面鋪下菜蔬果品案酒之類。

三人飲過數杯。戴宗問道：『壯士高姓大名？貴鄉何處？』那漢答道：『小人姓石名秀，祖貫是金陵建康府人氏。自小學得些槍棒在身，一生執意，路見不平，但要去相助，人都喚小弟作拼命三郎。因隨叔父來外鄉販羊馬賣，不想叔父半途亡故，消折了本錢，還鄉不得，流落在此薊州，賣柴度日。既蒙拜識，當以實告。』戴宗道：『小可兩個因來此間幹事，得遇壯士，如此豪杰，流落在此賣柴，怎能夠發迹？不若挺身江湖上去，做個下半世快樂也好。』石秀道：『小人衹會使些槍棒，別無甚本事，如何能夠發達快樂！』戴宗道：『這般時節認不得真！一者朝廷不明，二乃奸臣閉塞。小可一個薄識，因一口氣，去投奔了梁山泊宋公明入伙。如今論秤分金銀，換套穿衣服。衹等朝廷招安了，早晚都做個官人。』石秀嘆口氣道：『小人便要去，也無門路可進。』戴宗道：『壯士若肯去時，小可當以相薦。』石秀道：『小人不敢拜問二位官人貴姓？』戴宗道：『小可姓戴名宗。兄弟姓楊名林。』石秀道：『江湖上聽的說個江州神行太保，莫非正是足下？』戴宗道：『小可便是。』叫楊林身邊包袱内取一錠十兩銀子，送與石秀做本錢。石秀不敢受，再三謙讓，方才收了，作謝二人。藏在身邊，才知道他是梁山泊神行太保。正欲要和戴宗、楊林說些心腹之話，投托入伙，衹聽得外面有人尋問入來。三個看時，却是楊雄帶領着二十餘人，都是做公的，趕入酒店裏來。戴宗、楊林見人多，吃了一驚，鬧哄裏，兩個慌忙走了。

石秀起身迎住道：『節級那裏去來？』楊雄便道：『大哥，何處不尋你，却在這裏飲酒。我一時被那廝封住了手，施展不得，多蒙足下氣力救了我這場便宜。一時間衹顧趕了那廝，去奪他包袱，却撇了足下。這伙兄弟聽得我廝打，都來相助，依還奪得搶去的花紅段匹回來。衹尋足下不見。却才有人說道：「兩個客人勸他去酒店裏吃酒。」因此才知得，特地尋將來。』石秀道：『却才是兩個外鄉客人邀在這裏酌三杯，說些閑話，不知節級呼喚。』楊雄大喜，

便問道：『足下高姓大名？貴鄉何處？因何在此？』石秀答道：『小人姓石名秀，祖貫是金陵建康府人氏。平生性直，路見不平，便要去捨命相護，以此都喚小人做拼命三郎。因隨叔父來此地販賣羊馬，不期叔父半途亡故，消折了本錢，流落在此薊州賣柴度日。』楊雄看石秀時，果然好個壯士，生得上下相等。有首《西江月》詞，單道着石秀好處。但見：

身似山中猛虎，性如火上澆油。心雄膽大有機謀，到處逢人搭救。全仗一條杆棒，衹憑兩個拳頭。掀天聲價滿皇州，拼命三郎石秀。

當下楊雄又問石秀道：『却才和足下一處飲酒的客人，何處去了？』石秀道：『他兩個見節級帶人進來，衹道相鬧，以此去了。』楊雄道：『恁地時，先喚酒保取兩瓮酒來，大碗叫衆人一家三碗，吃了去，明日却得來相會。』衆人都吃了酒，自去散了。楊雄便道：『石家三郎，你休見外。想你此間必無親眷，我今日就結義你做個弟兄，如何？』石秀見說大喜，便說道：『不敢動問節級貴庚？』楊雄道：『我今年二十九歲。』石秀道：『小弟今年二十八歲。就請節級坐，受小弟拜爲哥哥。』石秀拜了四拜。楊雄大喜，便叫酒保：『安排飲饌酒果來！我和兄弟今日吃個盡醉方休。』

正飲酒之間，衹見楊雄的丈人潘公，帶領了五七個人，直尋到酒店裏來。楊雄見了，起身道：『泰山來做什麼？』潘公道：『我聽得你和人厮打，特地尋將來。』楊雄道：『多謝這個兄弟救護了我，打得張保那厮見影也害怕。我如今就認義了石家兄弟做我兄弟。』潘公叫：『好，好！且叫這幾個弟兄吃碗酒了去。』楊雄便叫酒保討酒來，衆人一家三碗吃了去。便教潘公中間坐了，楊雄對席上首，石秀下首，三人坐下，酒保自來斟酒。潘公見了石秀

這等英雄長大，心中甚喜，便說道：『我女婿得你做個兄弟相幫，也不枉了！公門中出入，誰敢欺負他！』又問道：『叔叔原曾做甚買賣道路？』石秀道：『先父原是操刀屠户。』潘公道：『叔叔曾省得宰牲口的勾當麼？』石秀笑道：『自小吃屠家飯，如何不省得宰殺牲口。』潘公道：『老漢原是屠户出身，衹因年老做不得了。止有這個女婿，他又自一身入官府差遣，因此撇了這行衣飯。』三人酒至半酣，計算了酒錢，石秀將這擔柴也都準折了。三人取路回來。楊雄入得門便叫：『大嫂，快來與這叔叔相見。』衹見布簾裏面應道：『大哥，你有甚叔叔？』楊雄道：『你且休問，先出來相見。』布簾起處，摇摇擺擺走出那個婦人來。原來那婦人是七月七日生的，因此小字喚做巧雲。先嫁了一個吏員，是薊州人，唤做王押司，兩年前身故了，方才晚嫁得楊雄，未及一年夫妻。石秀見那婦人出來，慌忙向前施禮道：『嫂嫂請坐。』石秀便拜。那婦人道：『奴家年輕，如何敢受禮！』楊雄道：『這個是我今日新認義的兄弟。你是嫂嫂，可受半禮。』當下石秀推金山，倒玉柱，拜了四拜。那婦人還了兩禮，請入來裏面坐地。收拾一間空房，教叔叔安歇，不在話下。過了一宿。話休絮煩。次日，楊雄自出去應當官府，分付家中道：『安排石秀衣服巾幘。』客店内有些行李、包裹，都教去取來楊雄家裏安放了。

却說戴宗、楊林自酒店裏看見那伙做公的人來尋訪石秀，鬧哄裏兩個自走了，回到城外客店中歇了。次日，又去尋問公孫勝。兩日，絶無人認得，又不知他下落住處。兩個商量了，且回去，要便再來尋訪。當日收拾了行李，便起身離了薊州，自投飲馬川來，和裴宣、鄧飛、孟康一行人馬，扮作官軍，星夜望梁山泊來。戴宗要見他功勞，又糾合得許多人馬上山。

再說楊雄的丈人潘公，自和石秀商量要開屠宰作坊。潘公道：『我家後門頭是一條斷路小巷，又有一間空房在後面，那裏井水又便，可做作坊。就教叔叔做房安歇在裏面，又好照管。』石秀見了，也喜端的便益。潘公再尋了個舊時識熟副手，『衹央叔叔掌管帳目。』石秀應承了，叫了副手，便把大青大緑妝點起肉案子、水盆、砧頭，打磨了許多刀仗，整頓了肉案，打并了作坊猪圈，趕上十數個肥猪，選個吉日開張肉鋪。衆鄰舍親戚都來挂紅賀喜，吃了一兩日酒。楊雄一家得石秀開了店，都歡喜。自此無話。一向潘公、石秀自做買賣。

不覺光陰迅速，又早過了兩個月有餘。時值秋殘冬到，石秀裏裏外外身上，都换了新衣穿着。石秀一日早起，五更出外縣買猪。三日了方回家來。衹見鋪店不開。却到家裏看時，肉案、砧頭也都收過了，刀仗家火亦藏過了。石秀是個精細的人，看在肚裏，便省得了，自心中忖道：『常言：人無千日好，花無百日紅。哥哥自出外去當官，不管家事，必然嫂嫂見我做了這些衣裳，一定背後有說話。又見我兩日不回，必有人搬口弄舌。想是疑心，不做買賣。我休等他言語出來，我自先辭了回鄉去休。自古道：那得長遠心的人。』石秀已把猪趕在圈裏，却去房中换了脚手，收拾了包裹、行李，細細寫了一本清帳，從後面入來。潘公已安排下些素酒食，請石秀坐定吃酒。潘公道：『叔叔遠出勞心，自趕猪來辛苦。』石秀道：『禮當。丈丈且收過了這本明白帳目，若上面有半點私心，天地誅滅！』潘公道：『叔叔何故出此言？并不曾有個甚事。』石秀道：『小人離鄉五七年了，今欲要回家去走一遭，特地交還帳目。今晚辭了哥哥，明早便行。』潘公聽了，大笑起來道：『叔叔差矣！你且住，聽老漢說。』那老子言無數句，話不一席，有分教：報恩壯士提三尺，破戒沙門喪九泉。

畢竟潘公對石秀說出甚言語來，且聽下回分解。

第四十五回　楊雄醉罵潘巧雲　石秀智殺裴如海

佛滅度後，諸惡比丘于佛事中廣行非法，破壞象教，起大疑謗，殄滅佛法，不盡不止。我欲説之，久不得便，今因讀此而寄辯之。惡世比丘行非法時，每欲假托如來象教，或云講經，或云造像，或云懺摩，或云受戒。外作種種無量莊嚴，其中包藏無量淫惡。是初不知如是佛事，如來在時，悉有儀則。如講經者，如來大師于人天中作師子吼，三轉法輪，得道爲證，非第二人力之所及。如來既滅，有諸大士承佛遺囑，流通尊經，則必審擇希世法器，住于深山，閉門講説。講已思惟，思已坐禪，坐已行道，行已覆説。于二六時，不暇剪爪。初不聽許在于闤闠椎鐘布告，招集男女，拍肩聯臂，作諸戲笑，令菩提場雜穢充滿。造像法者，如來非欲以己形像流布人間。是皆廣用异妙方便，表宣法相，令衆歡喜。四王天者，表于四諦。右伽藍神，左應真者，表于俗諦，及以真諦。十六尊者，表十六句。迦葉阿難，表行與説。三世佛者，表世間尊。如是等像，莫不有表。初不聽許廣造一切淫祀鬼神，羅列堂殿，引諸女人燒香求福，惑亂僧徒，污染梵行。懺摩法者，超出世間有力大人，了知本性，純白無垢，非以後心，懺于前心。從本寂静，不造罪故。譬如以水而洗于水，當知畢竟無有是處。然爲微細，餘習未除，是用翹勤，質對尊像，求哀自責，誓願清净，克期一報，永盡無遺。初不聽許廣開壇場，巧音歌唱，族姓子女，履舄交錯，僧尼無分，笑語不擇，于慚愧法，無慚無愧。受戒法者，如來制戒，分性與遮。性戒廣淵，是爲一切法身大士所游戲處，遮戒謹嚴，則爲七衆同所受持。若或有人，持于遮戒，通達性戒，是名合道芬陀利華。若不通于性戒妙義，但著袈裟，細視徐行，直不得名持遮戒也。授戒之法，釋迦世尊爲大和尚，彌勒菩薩作教授師，文殊尸利作羯磨師。初不聽許盲師瞎衆，自相嘆譽，網羅士女，作己眷屬，交通閨房，僧俗相接，密坐低語，招世毀謗。至如近世佛教濫觴，更有一切慶佛誕生，開佛光明，燒船化庫，求乞法名，如是種種怪异之事，競共興作，惑亂世間。妖比丘尼，穿門入室，邀請淫女、寡女、處女，連袂接履，招摇梵刹，廣起無量不净諸行，尤爲非法，惱亂如來。

夫釋迦者，二月八日沸星出時，降生皇宫，二月八日沸星出時，成菩提道，二月八日沸星出時，轉大法輪，二月八日沸星出時，入于涅槃。其餘一切諸大菩薩，無不各先一日生，後一日滅。何嘗某甲于某日生，某甲某日如世俗事。若爲如來開光明者，如來已于無量劫來開大光明，五眼四智，種種具足。何曾有人反以光明，施與如來？若謂如來教人營福，燒化船庫，寄來生者，如來法中訶責三業，貪爲第一。是故現世國城妻子，猶教之言汝應弃捨，何得反興妖妄之論，謂來世福，今世可求？若謂如來聽諸女人求法名者，如來在時，尚禁女人不得來于僧伽藍中，何嘗廣求在家女人圍繞于己？至如經中末利夫人、韋提夫人、勝鬘夫人、德鬘夫人，秉大誓願，來從佛學，亦皆仍其舊時名字，何曾爲其別立异名？世間當知如是種種怪异之事，皆是惡僧爲錢財故，巧立名色。既得錢財，必營房室。營房室已，次營衣服，廣于一身，作諸莊嚴。作莊嚴已，恣求淫欲，求淫欲時，何所不至？破壞佛法，破壞世法，破壞常住，破壞檀越。如是惡僧，出現世時，如來象教，應時必滅。是以世尊于垂涅槃，敕諸國王、大臣、長者、一切世間菩薩大人，欲護我法，必先驅逐如是惡僧，可以刀劍而砍刺之。彼若避走，疾以弓箭而射殺之。在在處處，搜捕掃除，毋令惡種尚有遺留。是則名爲真正護法，是則名爲愛戀如來，是則名爲最勝供養，是則名爲衆生眼目。若復有人顧瞻禍福，猶豫不忍，是人即爲世間大愚可憐憫者，一切如來爲之悲哭。譬如壯士，展臂之間，已墮地獄，不可救拔。嗚呼傷哉，安得先佛重出于世，一爲廓清，令我衆生，知是福田爲非福田，不以此言爲河漢也！

西門慶一篇，已極盡淫穢之致矣，不謂忽然又有裴如海一篇，其淫其穢又復極盡其致。讀之真似初春食河鮑，不復信有深秋蟹螯之樂。及至持螯引白，然後又疑梅聖俞「不數魚蝦」之語，徒虛語也。

王婆十分研光，以整見奇。石秀十分瞧科，以散入妙。悉是絶世文字。

話説石秀回來，見收過店面，便要辭別出門。當時潘公説道：「叔叔且住，老漢已知叔叔的意了。叔叔兩夜不曾回家，今日回來，見收拾過了家火什物，叔叔一定心裏祇道是不開店了，因此要去。休説恁地好買賣，便不開店時，也養叔叔在家。不瞞叔叔説：我這小女先嫁得本府一個王押司，不幸没了，今得二周年，做些功果與他，因此歇了這兩日買賣。今日請下報恩寺僧人來做功德，就要央叔叔管待則個。老漢年紀高大，熬不得夜。因此一發和叔叔説知。』石秀道：『既然丈丈恁地説時，小人再納定性過幾時。』潘公道：『叔叔今後并不要疑心，祇顧隨分且過。』當時吃了幾杯酒，并些素食，收過了杯盤。

明早，果見道人挑將經擔到來，鋪設壇場，擺放佛像供器，鼓鈸鐘磬，香燈花燭。厨下一面安排齋食。楊雄到申牌時分，回家走一遭，分付石秀道：『賢弟，我今夜却限當牢，不得前來，凡事央你支持則個。』石秀道：『哥哥放心自去，晚間兄弟替你料理。』楊雄去了。石秀自在門前照管。没多時，祇見一個年紀小的和尚，揭起簾子入來。石秀看那和尚時，端的整齊。但見：

一個青旋旋光頭新剃，把麝香松子勻搽；一領黄烘烘直裰初縫，使沉速栴檀香染。山根鞋履，是福州染到深青；九縷絲縧，系西地買來真紫。那和尚光溜溜一雙賊眼，祇睃趁施主嬌娘；這秃驢美甘甘滿口甜言，專説誘喪家少婦。淫情發處，草庵中去覓尼姑；色膽動時，方丈内來尋行者。仰觀神女思同寢，每見嫦娥要講歡。

那和尚入到裏面，深深地與石秀打個問訊。石秀答禮道：『師父少坐。』隨背後一個道人挑兩個盒子入來。石秀便叫：『丈丈，有個師父在這裏。』潘公聽得，從裏面出來。那和尚便道：『乾爺，如何一向不到敝寺？』老子道：『便是開了這些店面，却没工夫出來。』那和尚便道：『押司周年，無甚罕物相送，些少挂面，幾包京棗。』老子道：『阿也！什麼道理教師父壞鈔！』教：『叔叔收過了。』石秀自搬入去，叫點茶出來，門前請和尚吃。

祇見那婦人從樓上下來，不敢十分穿重孝，祇是淡妝輕抹，便問：『叔叔，誰送物事來？』石秀道：『一個和尚，叫丈丈做乾爺的送來。』那婦人便笑道：『是師兄海闍黎裴如海，一個老誠的和尚。他是裴家絨綫鋪裏小官人，出家在報恩寺中。因他師父是家裏門徒，結拜我父做乾爺，長奴兩歲，因此上叫他做師兄。他法名叫做海公。叔叔，晚間你祇聽他請佛念經，有這般好聲音！』石秀道：『原來恁地！』自肚裏已有些瞧科。那婦人便下樓來見和尚。石秀却背叉着手，隨後跟出來，布簾裏張看。祇見那婦人出到外面，那和尚便起身向前來，合掌深深地打個問訊。那婦人便道：『什麼道理教師兄壞鈔？』和尚道：『賢妹，些少薄禮微物，不足挂齒。』那婦人道：『師兄何故這般説。出家人的物事，怎的消受的！』和尚道：『敝寺新造水陸堂，也要來請賢妹隨喜，祇恐節級見怪。』那婦人道：『家下拙夫却不恁的計較。老母死時，也曾許下血盆願心，早晚也要到上刹相煩還了。』和尚道：『這是自家的事，如何恁地説。但是分付如海的事，小僧便去辦來。』那婦人道：『師兄多與我娘念幾卷經便好。』祇見裏面丫鬟捧茶出來。那婦人拿起一盞茶來，把帕子去茶鍾口邊抹一抹，雙手遞與和尚。那和尚一頭接茶，兩隻眼涎瞪瞪的祇顧看那婦人身上。這婦人也嘻嘻的笑着看這和尚。人道色膽如天，却不防石秀在布簾裏張見。石秀自肚裏暗忖道：『莫信直中直，須防仁不仁。我幾番見那婆娘常常的祇顧對我説些風話，我祇以親嫂嫂一般相待。原來這婆娘倒不是個良人！莫教撞在石秀手裏，敢替楊雄做個出場也不見的！』

石秀此時已有三分在意了，便揭起布簾，走將出來，那和尚放下茶盞，便道：『大郎請坐。』這婦人便插口道：『這個叔叔便是拙夫新認義的兄弟。』那和尚虚心冷氣動問道：『大郎貴鄉何處？高姓大名？』石秀道：『我姓石名秀，金陵人氏。因爲祇好閑管，替人出力，以此叫做拚命三郎。我是個粗滷漢子，禮數不到，和尚休怪！』裴如海道：『不敢，不敢！小僧去接衆僧來赴道場。』相别出門去了。那婦人道：『師兄早來些個。』那和尚應道：『便來了。』婦人送了和尚出門，自入裏面去了。石秀却在門前低了頭祇顧尋思。

看官聽説：原來但凡世上的人情，惟和尚色情最緊。爲何説這等話？且如俗人、出家人，都是一般父精母血所生，緣何見得和尚家色情最緊？惟有和尚家第一閑。一日三餐吃了檀越施主的好齋好供，住了那高堂大殿僧房，又無俗事所煩，房裏好床好鋪睡着，無得尋思，衹是想着此一件事。假如譬喻說，一個財主家，雖然十相俱足，一日有多少閑事惱心，夜間又被錢物挂念，到三更二更才睡，總有嬌妻美妾同床共枕，那得情趣。又有那一等小百姓們，一日價辛苦掙扎，早晨巴不到晚，起的是五更，睡的是半夜，到晚來未上床，先去摸一摸米瓮，看到底没顆米，明日又無錢，總然妻子有些顔色，也無此什麽意興。因此上輸與這和尚們一心閑静，專一理會這等勾當。那時古人評論到此去處，說這和尚們真個利害。因此蘇東坡學士道：『不秃不毒，不毒不秃，轉秃轉毒，轉毒轉秃。』和尚們還有四句言語，道是：

一個字便是僧，兩個字是和尚，三個字鬼樂官，四字色中餓鬼。

且說這石秀自在門前尋思了半晌，又且去支持管待。不多時，衹見行者先來點燭燒香。少刻，海闍黎引領衆僧却來赴道場。潘公、石秀接着，相待茶湯已罷，打動鼓鈸，歌咏贊揚。衹見海闍黎同一個一般年紀小的和尚做闍黎，摇動鈴杵，發牒請佛，獻齋贊供諸天護法監壇主盟，『追薦亡夫王押司，早生天界。』衹見那婦人喬素梳妝，來到法壇上，執着手爐，拈香禮佛。那海闍黎越逞精神，摇着鈴杵，念動真言。這一堂和尚見了楊雄老婆這等模樣，都七顛八倒起來。

那衆僧都在法壇上看見了這婦人，自不覺都手之舞之，足之蹈之，一時間愚迷了佛性禪心，拴不定心猿意馬。以此上德行高僧，世間難得。石秀却在側邊看了，也自冷笑道：『似此有甚功德！正謂之作福不如避罪。』少間，證盟已了，請衆人和尚就裏面吃齋。海闍黎却在衆僧背後，轉過頭來，看着那婦人嘻嘻的笑。那婆娘也掩着口笑。兩個都眉來眼去，以目送情。石秀都看在眼裏，自有五分來不快意。衆僧都坐了吃齋，先飲了幾杯素酒，搬出齋來，都下了襯錢。潘公道：『衆師父飽齋則個。』衆和尚說道：『感承施主虔心，足矣了。』少刻，衆僧齋罷，都起身行食去了。轉過一遭，再入道場。石秀心中好生不快意，衹推肚疼自去睡在板壁後了。

那婦人一點情動，那裏顧得防備人看見，便自去支持。衆僧又打了一回鼓鈸動事，把些茶食果品煎點。海闍黎着衆僧用心看經，請天王拜懺，設浴召亡，參禮三寶。追薦到四更時分，衆僧困倦，這海闍黎越逞精神，高聲看誦。那婦人在布簾下看了，欲火熾盛，不覺情動，便教丫鬟請海和尚說話。那賊秃慌忙來到婦人面前。這婆娘扯住和尚袖子，說道：『師兄，明日來取功德錢時，就對爹爹說血盆願心一事，不要忘了。』和尚道：『小僧記得。衹說：要還願，也還了好。』和尚又道：『你家這個叔叔，好生利害！』婦人應道：『這個睬他則甚！又不是親骨肉。』海闍黎道：『恁地小僧却才放心。我衹道是節級的至親兄弟。』兩個又戲笑了一回。那和尚自出去判斛送亡。不想石秀却在板壁後假睡，正張得着，都看在肚裏了。當夜五更，道場滿散，送佛化紙已了，衆僧作謝回去。那婦人自上樓去睡了。石秀却自尋思了，氣道：『哥哥恁的豪杰，却恨撞了這個淫婦！』忍了一肚皮鳥氣，自去作坊裏睡了。

次日，楊雄回家，俱各不提。飯後，楊雄又出去了。衹見海闍黎又換了一套整整齊齊的僧衣，徑到潘公家來。那婦人聽得是和尚來了，慌忙下樓出來接着，邀入裏面坐地，便叫點茶來。那婦人謝道：『夜來多教師父勞神，功德錢未曾拜納。』海闍黎道：『不足挂齒。小僧夜來所說血盆懺願心這一事，特禀知賢妹。要還時，小僧寺裏見在念經，衹要都疏一道就是。』那婦人道：『好，好！』便叫丫鬟請父親出來商議。潘公便出來謝道：『老漢打熬不得，夜來甚是有失陪侍。不想石叔叔又肚疼倒了，無人管待。却是休怪，休怪！』那和尚道：『乾爺正當自在。』那婦人便道：『我要替娘還了血盆懺舊願。師兄說道，明日寺中做好事，就附搭還了。先教師兄去寺裏念經，我和你明日飯罷去寺裏，衹要證盟懺疏，也是了當一頭事。』潘公道：『也好。明日衹怕買賣緊，櫃上無人。』那婦人道：『放着石叔叔在家照管，却怕怎的？』潘公道：『我兒出口爲願，明日衹得要去。』那婦人就取些銀子做功果錢與和尚去，『有勞師兄，莫責輕微。明日準來上刹討素面吃。』海闍黎道：『謹候拈香。』收了銀子，便起身謝道：『多承布施，小僧將去分俵衆僧。來日專等賢妹來證盟。』那婦人直送和尚到門外去了。石秀自在作坊裏安歇，起來宰猪趕趁。

却說楊雄當晚回來安歇。那婦人待他吃了晚飯，洗了脚手，却去請潘公對楊雄說道：『我的阿婆臨死時，孩兒許下血盆經懺願心在這報恩寺中。我明日和孩兒去那裏證盟，酬了便回，說與你知道。』楊雄道：『大嫂，你便自說與我何妨。』那婦人道：『我對你說，又怕你嗔怪，因此不敢與你說。』當晚無話，各自歇了。次日五更，楊雄起來，自去畫卯，承應官府。石秀起來，自理會做買賣。祇見那婦人起來，濃妝艷飾，包了香盒，買了紙燭，討了一乘轎子。石秀自一早晨顧買賣，也不來管他。飯罷，把丫鬟迎兒也打扮了。巳牌時候，潘公換了一身衣裳，來對石秀道：『相煩叔叔照管門前，老漢和拙女同去還些願心便回。』石秀笑道：『多燒些好香，早早來。』石秀自肚裏已知了。

且說潘公和迎兒跟着轎子，一徑望報恩寺裏來。有詩爲證：

眉眼傳情意不分，禿奴綣戀女釵裙。設言寶剎還經願，却向僧房會雨雲。

却說海闍黎這賊禿單爲這婦人，結拜潘公做乾爺，祇吃楊雄阻滯礙眼，因此不能夠上手。自從和這婦人結拜起，祇是眉來眼去送情，未見真實的事，因這一夜道場裏，才見他十分有意。期日約定了，那賊禿磨槍備劍，整頓精神，先在山門下伺候着。見轎子到來，喜不自勝，向前迎接。潘公道：『甚是有勞和尚。』那婦人下轎來，謝道：『多多有勞師兄。』海闍黎道：『不敢，不敢！小僧已和衆僧都在水陸堂上，從五更起來誦經，到如今未曾住歇，祇等賢妹來證盟。却是多有功德。』把這婦人和老子一引到水陸堂上，已自先安排下花果香燭之類，有十數個僧人在彼看經。那婦人都道了萬福，參禮了三寶。海闍黎引到地藏菩薩面前，證盟懺悔。通罷疏頭，便化了紙，請衆僧自去吃齋，着徒弟陪侍。

海和尚却請：『乾爺和賢妹去小僧房裏拜茶。』一邀把這婦人引到僧房裏深處，預先都準備下了，叫聲：『師哥，拿茶來！』祇見兩個侍者捧出茶來。白雪錠器盞內，朱紅托子，絕細好茶。吃罷，放下盞子，『請賢妹裏面坐一坐。』又引到一個小小閣兒裏，琴光黑漆春臺，挂幾幅名人書畫，小桌兒上焚一爐妙香。潘公和女兒一帶坐了，和尚對席，迎兒立在側邊。那婦人道：『師兄，端的是好個出家人去處，清幽靜樂。』海闍黎道：『娘子休笑話，怎生比得貴宅上。』潘公道：『生受了師兄一日，我們回去。』那和尚那裏肯，便道：『難得乾爺在此，又不是外人。今日齋食已是賢妹做施主，如何不吃箸面了去？師哥，快搬來！』說言未了，却早托兩盤進來，都是日常裏藏下的希奇果子，异樣菜蔬，并諸般素饌之物，排一春臺。那婦人便道：『師兄何必治酒，無功受祿。』和尚笑道：『不成禮數，微表薄情而已。』師哥兒將酒來斟在杯內。和尚道：『乾爺多時不來，試嘗這酒。』老兒飲罷道：『好酒，端的味重！』和尚道：『前日一個施主家傳得此法，做了三五石米，明日送幾瓶來與令婿吃。』老子道：『什麼道理！』和尚又勸道：『無物相酬賢妹娘子，胡亂告飲一杯。』兩個小師哥兒輪番篩酒，迎兒也吃勸了幾杯。那婦人道：『酒住，吃不去了。』和尚道：『難得賢妹到此，再告飲幾杯。』潘公叫轎夫入來，各人與他一杯酒吃。和尚道：『乾爺不必記挂，小僧都分付了，已着道人邀在外面，自有坐處吃酒面。乾爺放心，且請開懷自飲幾杯。』原來這賊禿爲這個婦人，特地對付下這等有力氣的好酒。潘公吃央不過，多吃了兩杯，當不住，醉了。和尚道：『且扶乾爺去床上睡一睡。』和尚叫兩個師哥祇一扶，把這老兒攙在一個靜房裏去睡了。

這裏和尚自勸道：『娘子，再開懷飲幾杯。』那婦人一者有心，二乃酒入情懷。自古道：酒亂性，色迷人。那婦人三杯酒落肚，便覺有些朦朦朧朧上來，口裏嘈道：『師兄，你祇顧央我吃酒做什麼？』和尚扯着口，嘻嘻的笑道：『祇是敬重娘子。』那婦人道：『我吃不得了。』和尚道：『請娘子去小僧房裏看佛牙。』那婦人便道：『我正要看佛牙則個。』這和尚把那婦人一引，引到一處樓上，却是海闍黎的臥房，鋪設得十分整齊。那婦人看了，先自五分歡喜，便道：『你端的好個卧房，乾乾浄浄！』和尚笑道：『衹是少一個娘子。』那婦人也笑道：『你便討一個不得？』和尚道：『那裏得這般施主？』婦人道：『你且教我看佛牙則個。』和尚道：『你叫迎兒下去了，我便取出來。』那婦人道：『迎兒，你且下去，看老爺醒也未。』迎兒自下的樓來，去看潘公。和尚把樓門關上。

當時，那和尚説道：『你既有心于我，我身死而無怨。衹是今日雖然虧你作成了我，衹得一霎時的恩愛快活，不能夠終夜歡娱，久後必然害殺小僧！』那婦人便道：『你且不要慌，我已尋思一條計了。我的老公，一個月倒有二十來日當牢上宿。我自買了迎兒，教他每日在後門裏伺候。若是夜晚老公不在家時，便掇一個香桌兒出來，燒夜香爲號，你便入來不妨。衹怕五更睡着了，不知省覺，却那裏尋得一個報曉的頭陀，買他來後門頭大敲木魚，高聲叫佛，便好出去。若買得這等一個時，一者得他外面策望，二乃不教你失了曉。』和尚聽了這話，大喜道：『妙哉！你衹顧如此行。我這裏自有個頭陀胡道人，我自分付他來策望便了。』那婦人道：『我不敢留戀長久，恐這廝們疑忌。我快回去是得，你衹不要誤約。』那婦人連忙再整雲鬟，重匀粉面，開了樓門，便下樓來，教迎兒叫起潘公，慌忙便出僧房來。轎夫吃了酒面，已在寺門前伺候。海闍黎直送那婦人到山門外。那婦人作别了上轎，自和潘公、迎兒歸家。不在話下。

却説這海闍黎自來尋報曉頭陀。本房原有個胡道，今在寺後退居裏小庵中過活，諸人都叫他做胡頭陀。每日衹是起五更來敲木魚報曉，勸人念佛，天明時收掠齋飯。海和尚唤他來房中，安排三杯好酒相待了他，又取些銀子送與胡道。胡道起身説道：『弟子無功，怎敢受禄。日常又承師父的恩惠。』海闍黎道：『我自看你是個志誠的人，我早晚出些錢，貼買道度牒剃你爲僧。這些銀子權且將去買些衣服穿着。』胡道感激恩念不盡。海闍黎日常時，衹是教師哥不時送些午齋與胡道，待節下又帶挈他去誦經，得些齋襯錢。胡道感恩不淺，尋思道：『他今日又與我銀兩，必有用我處，何必等他開口。』胡道便道：『師父，但有使令小道處，即當向前。』海闍黎道：『胡道，你既如此好心説時，我不瞞你。所有潘公的女兒要和我來往，約定後門首但有香桌兒在外時，便是教我來。我却難去那裏�。若得你先去看探有無，我才可去。又要煩你五更起來叫人念佛時，可就來那裏後門頭，看没人便把木魚大敲報曉，高聲叫佛，我便好出來。』胡道便道：『這個有何難哉！』當時應允了。

其日，先來潘公後門首討齋飯。衹見迎兒出來説道：『你這道人如何不來前門討齋飯，却在後門裏來？』那胡道便念起佛來。裏面這婦人聽得了，已自瞧科，便出來後門問道：『你這道人莫不是五更報曉的頭陀？』胡道應道：『小道便是五更報曉的頭陀，教人省睡。晚間宜燒些香，教人積福。』那婦人聽了大喜，便叫迎兒去樓上取一串銅錢來布施他。這頭陀張得迎兒轉背，便對那婦人説道：『小道便是海闍黎心腹之人，特地使我先來探路。』那婦人道：『我已知道了。今夜晚間你可來看，如有香桌兒在外，你可便報與他則個。』胡道把頭來點着。迎兒取將銅錢來與胡道去了。那婦人來到樓上，却把心腹之事對迎兒説了。自古道：人家女使，謂之奴才，但得了些小便宜，如何不隨順了，天大之事也都做了。因此人家婦人女使，可用而不可多，却又少他不得。古語不差，有詩爲證：

送暖偷寒起禍胎，壞家端的是奴才。請看當日紅娘事，却把鶯鶯哄得來。

却説楊雄此日正該當牢，未到晚，先來取了鋪蓋去，自監裏上宿。這迎兒得了些小意兒，巴不到晚，自去安排了香桌兒，黄昏時掇在後門外。那婦人却閃在旁邊伺候。初更左側，一個人戴頂頭巾，閃將入來。迎兒問道：『是誰？』那人也不答應，便除下頭巾，露出光頂來。這婦人在側邊見是海和尚，駡一聲：『賊禿，倒好見識！』兩個斷摟斷抱着上樓去了。迎兒自來掇過了香桌兒，關上了後門，也自去睡了。

自古道：莫説歡娱嫌夜短，衹要金鷄報曉遲。兩個正好睡哩，衹聽得咯咯地木魚響，高聲念佛。和尚和婦人夢中驚覺。海闍黎披衣起來道：『我去也。今晚再相會。』那婦人道：『今後但有香桌兒在後門外，你便不可負約。如無香桌兒在後門，你便切不可來。』和尚下床，依前戴上頭巾，迎兒開後門放他去了。自此爲始，但是楊雄出去當牢上宿，那和尚便來。家中衹有個老兒，未晚先自要去睡。迎兒這個丫頭，已自是做一路了。衹要瞞石秀一個。那婦人淫心起來，那裏管顧。這和尚又知了婦人的滋味，兩個一似被攝了魂魄的一般。這和尚衹待頭陀報了，便離寺來。那婦人專得迎兒做脚，放他出入。因此快活偷養和尚戲耍。自此往來，將近一月有餘，這和尚也來了十數遍。

且說這石秀每日收拾了店時，自在坊裏歇宿，常有這件事挂心，每日委决不下，却又不曾見這和尚往來。每日五更睡覺，不時跳將起來料度這件事。衹聽得報曉頭陀直來巷裏敲木魚，高聲叫佛。石秀是個乖覺的人，早瞧了八分，冷地裏思量道：『這條巷是條死巷，如何有這頭陀連日來這裏敲木魚叫佛？事有可疑。』

當是十一月中旬之日五更，石秀正睡不着，衹聽得木魚敲響，頭陀直敲入巷裏來，到後門口高聲叫道：『普度衆生救苦救難諸佛菩薩。』石秀聽得叫得蹺蹊，便跳將起來，去門縫裏張時，衹見一個人，戴頂頭巾，從黑影裏閃將出來，和頭陀去了。隨後便是迎兒來關門。石秀見了，自説道：『哥哥如此豪杰，却恨討了這個淫婦！倒被這婆娘瞞過了，做成這等勾當！』巴得天明，把猪出去門前挑了，賣個早市。飯罷，討了一遭賒錢。日中前後，徑到州衙前來尋楊雄。

却好行至州橋邊，正迎見楊雄。楊雄便問道：『兄弟那裏去來？』石秀道：『因討賒錢，就來尋哥哥。』楊雄道：『我常爲官事忙，并不曾和兄弟快活吃三杯，且來這裏坐一坐。』楊雄把這石秀引到州橋下一個酒樓上，揀一處僻净閣兒裏，兩個坐下，叫酒保取瓶好酒來，安排盤饌海鮮按酒。二人飲過三杯，楊雄見石秀衹低了頭尋思。楊雄是個性急的人，便問道：『兄弟，你心中有些不樂，莫不家裏有甚言語傷觸你處？』石秀道：『家中也無有甚話。兄弟感承哥哥把做親骨肉一般看待，有句話，敢説麽？』楊雄道：『兄弟何故今日見外？有的話，但説不妨。』石秀道：『哥哥每日出來，衹顧承當官府，却不知背後之事。這個嫂嫂不是良人，兄弟已看在眼裏多遍了，且未敢説。今日見得仔細，忍不住，來尋哥哥，直言休怪！』楊雄道：『我却無背後眼，你且説是誰。』石秀道：『前者家裏做道場，請那個賊秃海闍黎來，嫂嫂便和他眉來眼去，兄弟都看見。第三日又去寺裏還血盆懺願心，兩個都帶酒歸來。我近日衹聽一個頭陀直來巷内敲木魚叫佛，那厮敲得作怪。今日五更被我起來張時，看見果然是這賊秃，戴頂頭巾，從家裏出去。似這等淫婦，要他何用！』楊雄聽了，大怒道：『這賤人怎敢如此！』石秀道：『哥哥且息怒，今晚都不要提，衹和每日一般。明日衹推做上宿，三更後却再來敲門。那厮必然從後門先走，兄弟一把拿來，從哥哥發落。』楊雄道：『兄弟見得是。』石秀又分付道：『哥哥今晚且不可胡發説話。』楊雄道：『我明日約你便是。』兩個再飲了幾杯，算還了酒錢，一同下樓來，出得酒肆，各散了。衹見四五個虞候叫楊雄道：『那裏不尋節級！知府相公在花園裏坐地，叫尋節級來和我們使棒。快走，快走！』楊雄便分付石秀道：『本官唤我，衹得去應答。兄弟先回家去。』石秀當下自歸家裏來，收拾了店面，自去作坊裏歇息。

且説楊雄被知府唤去，到後花園中使了幾回棒。知府看了大喜，叫取酒來，一連賞了十大賞鍾。楊雄吃了，都各散了。衆人又請楊雄去吃酒。至晚，吃得大醉，扶將歸去。那婦人見丈夫醉了，謝了衆人，却自和迎兒攙上樓梯去，明晃晃地點着燈燭。楊雄坐在床上，迎兒去脱鞹鞋，婦人與他除頭巾，解巾幘。楊雄看了那婦人，一時驀上心來，自古道：醉是醒時言。指着那婦人駡道：『你這賤人！賊妮子！好歹是我結果了你！』那婦人吃了一驚，不敢回話，且伏侍楊雄睡了。楊雄一頭上床睡，一面口裏恨恨地駡道：『你這賤人！腌臢潑婦！那厮敢大蟲口裏倒涎！我手裏不到得輕輕地放了你！』那婦人那裏敢喘氣，直待楊雄睡着。

看看到五更，楊雄酒醒了討水吃，那婦人便起，舀碗水遞與楊雄吃了，桌上殘燈尚明。楊雄吃了水，便問道：『大嫂，你夜來不曾脱衣裳睡？』那婦人道：『你吃得爛醉了，衹怕你要吐，那裏敢脱衣裳。衹在脚後倒了一夜。』楊雄道：『我不曾説什麽言語？』那婦人道：『你往常酒性好，但吃醉了便睡。我夜來衹有些兒放不下。』楊雄又問道：『石

秀兄弟這幾日不曾和他快活吃得三杯，你家裏也自安排些請他。』那婦人也不應，自坐在踏床上，眼泪汪汪，口裏嘆氣。楊雄又說道：『大嫂，我夜來醉了，又不曾惱你，做什麼了煩惱？』那婦人掩着泪眼衹不應。楊雄連問了幾聲，那婦人掩着臉假哭。楊雄就踏床上，扯起那婦人在床上，務要問他爲何煩惱。那婦人一頭哭，一面口裏說道：『我爺娘當初把我嫁王押司，衹指望一竹竿打到底，不想半路相拋。今日嫁得你十分豪杰，却又是好漢，誰想你不與我做主。』楊雄道：『又作怪！誰敢欺負你，我不做主？』那婦人道：『我本待不說，却又怕你着他道兒；欲待說來，又怕你忍氣。』楊雄聽了便道：『你且說怎麼地來？』那婦人道：『我說與你，你不要氣苦。自從你認義了這個石秀家來，初時也好，向後看看放出刺來。見你不歸時，如常看了我，說道：「哥哥今日又不來，嫂嫂自睡，也好冷落！」我衹不睬他，不是一日了。這個且休說。昨日早晨，我在厨房洗脖項，這厮從後走出來，看見没人，從背後伸衹手來摸我胸前道：「嫂嫂，你有孕也無？」被我打脱了手。本待要聲張起來，又怕鄰舍得知笑話，裝你的望子。巴得你歸來，却又濫泥也似醉了，又不敢說。我恨不得吃了他！你兀自來問石秀兄弟怎的？』這婦人反坐石秀。有詩爲證：

可怪潘姬太不良，偷情潛自入僧房。彌縫翻害忠貞客，一片虛心假肚腸。

楊雄聽了，心中火起，便罵道：『畫龍畫虎難畫骨，知人知面不知心。這厮倒來我面前又說海闍黎許多事，說得個没巴鼻。眼見得那厮慌了，便先來說破，使個見識。』口裏恨恨地道：『他又不是我親兄弟，趕了出去便罷。』

楊雄到天明下樓來，對潘公說道：『宰了的牲口腌了罷，從今日便休要做買賣！』一霎時，把櫃子和肉案都拆了。石秀天明正將了肉出來門前開店，衹見肉案并櫃子都拆翻了。石秀是個乖覺的人，如何不省得。笑道：『是了。因楊雄醉裏出言，走透了消息，倒吃這婆娘使個見識，撥定是反說我無禮，他教楊雄叫收了肉店。我若便和他分辯，教楊雄出醜。我且退一步了，自却别作計較。』石秀便去作坊裏收拾了包裹。楊雄怕他羞耻，也自去了。石秀提了包裹，跨了解腕尖刀，來辭潘公道：『小人在宅上打攪了許多時，今日哥哥既是收了鋪面，小人告回。帳目已自明明白白，并無分文來去。如有毫厘昧心，天誅地滅！』潘公被女婿分付了，也不敢留他。

石秀相辭去了，却祇在近巷内尋個客店安歇，賃了一間房住下。石秀却自尋思道：『楊雄與我結交，我若不明白得此事，枉送了他的性命。他雖一時聽信了這婦人說，心中怪我，我也分別不得。務要與他明白了此一事。我如今且去探聽他幾時當牢上宿，起個四更，便見分曉。』在店裏住了兩日，却去楊雄門前探聽，當晚祇見小牢子取了鋪蓋出去。石秀道：『今晚必然當牢，我且做些工夫看便了。』

當晚回店裏，睡到四更起來，跨了這口防身解腕尖刀，悄悄地開了店門，徑踅到楊雄後門頭巷內。伏在黑影裏張時，却好交五更時候，祇見那個頭陀挾着木魚，來巷口探頭探腦。石秀一閃，閃在頭陀背後，一隻手扯住頭陀，一隻手把刀去脖子上擱着，低聲喝道：『你不要掙扎！若高做聲，便殺了你！你祇好好實說，海和尚叫你來做怎地？』頭陀道：『好漢，你饒我便說。』石秀道：『你快說！我不殺你。』頭陀道：『海闍黎和潘公女兒有染，每夜來往。教我祇看後門頭有香桌兒爲號，喚他入鈸；五更裏却教我來打木魚叫佛，喚他出鈸。』石秀道：『他如今在那裏？』頭陀道：『他還在他家裏睡着。我如今敲得木魚響，他便出來。』石秀道：『你且借你衣服、木魚與我。』頭陀身上剥了衣服，奪了木魚。頭陀把衣服正脱下來，被石秀將刀就項上一勒，殺倒在地。頭陀已死了。石秀却穿上直裰護膝，一邊插了尖刀，把木魚直敲入巷裏來。海闍黎在床上，却好聽得木魚咯咯地響，連忙起來披衣下樓。迎兒先來開門，和尚隨後從後門裏閃將出來。石秀兀自把木魚敲響。那和尚悄悄喝道：『祇顧敲做什麽！』石秀也不應他，讓他走到巷口，一跤放翻，按住喝道：『不要高則聲！高則聲便殺了你！祇等我剥了衣服便罷。』海闍黎知道石秀，那裏敢掙扎則聲，被石秀都剥了衣裳，赤條條不着一絲。悄悄去屈膝邊拔出刀來，三四刀搠死了，却把刀來放在頭陀身邊。將了兩個衣服卷做一捆包了，再回客店裏，輕輕地開了門進去，悄悄地關上了，自去睡。不在話下。

却說本處城中一個賣糕粥的王公，其日早挑着一擔糕粥，點個燈籠，一個小猴子跟着，出來趕早市。正來到死尸邊過，却被絆一跤，把那老子一擔糕粥傾潑在地下。祇見小猴子叫道：『苦也！一個和尚醉倒在這裏。』老子摸得起來，摸了兩手血迹，叫聲苦，不知高低。幾家鄰舍聽得，都開了門出來，把火照時，祇見遍地都是血粥，兩個尸首躺在地上。衆鄰舍一把拖住老子，要去官司陳告。正是：禍從天降，災向地生。

王公畢竟被衆鄰舍拖住見官，怎地脱身，且聽下回分解。

第四十六回　病關索大鬧翠屏山　拚命三火燒祝家莊

前有武松殺奸夫淫婦一篇，此又有石秀殺奸夫淫婦一篇，若是者班乎？曰：不同也。夫金蓮之淫，乃敢至于殺武大，此其惡貫盈矣，不破胸取心，實不足以蔽厥辜也。若巧雲，淫誠有之，未必至于殺楊雄也。坐巧雲以他日必殺楊雄之罪，此自石秀之言，而未必遂服巧雲之心也。且武松之于金蓮也，武大已死，則武松不得不問，此實武松萬不得已而出于此。若武大固在，武松不得而殺金蓮者，法也。今石秀之于巧雲，既去則亦已矣，以姓石之人，而殺姓楊之人之妻，此何法也？總之，武松之殺二人，全是爲兄報仇，而已曾不與焉，若石秀之殺四人，不過爲己明冤而已，并與楊雄無與也。觀巧雲所以污石秀者，亦即前日金蓮所以污武松者。乃武松以親嫂之嫌疑，而落落然受之，曾不置辯，而天下後世，亦無不共明其如冰如玉也者。若石秀，則務必辯之。背後辯之，又必當面辯之，迎兒辯之，又必巧雲辯之，務令楊雄深有以信其如冰如玉而後已。嗚呼，豈真天下之大，另又有此一種巉刻狠毒之惡物歟？吾獨怪耐庵以一手搦一筆，而既寫一武松，又寫一石秀。嗚呼，又何奇也！

話說當下衆鄰舍結住王公，直到薊州府裏首告。知府却才升廳，一行人跪下告道：『這老子挑着一擔糕粥，潑翻在地下。看時，却有兩個死尸在地下，一個是和尚，一個是頭陀，俱各身上無一絲。頭陀身邊有刀一把。』老子告道：『老漢每日常賣糕糜營生，衹是五更出來趕趁。今朝起得早了些個，和這鐵頭猴子衹顧走，不看下面，一跤絆翻，碗碟都打碎了。衹見兩個死尸，血碌碌的在地上，一時失驚叫起來，倒被鄰舍扯住到官。望相公明鏡，可憐見辨察。』知府隨即取了供詞，行下公文，委當方裏甲帶了仵作行人，押了鄰舍、王公一干人等，下來檢驗尸首，明白回報。衆人登場看檢已了，回州稟復知府：『爲被殺死僧人，系是報恩寺闍黎裴如海。旁邊頭陀，系是寺後胡道。和尚不穿一絲，身上三四道搠傷致命方死。胡道身邊見有凶刀一把，衹脖項上有勒死痕傷一道。想是胡道掣刀搠死和尚，懼罪自行勒死。』知府叫拘本寺首僧，鞫問緣故，俱各不知情由。知府也没個決斷。當案孔目稟道：『眼見得是這和尚裸形赤體，必是和那頭陀幹甚不公不法的事，互相殺死，不幹王公之事。鄰舍都教召保聽候。尸首着仰本寺住持，即備棺木盛殮，放在別處。立個互相殺死的文書便了。』知府道：『也是。』隨即發落了一干人等，不在話下。

薊州城裏，有些好事的子弟們，因此做成一隻曲兒來，道是：

『叵耐禿囚無狀，做事衹恁狂蕩。暗約嬌娥，要爲夫婦，永同鴛帳。怎禁貫惡滿盈，玷辱諸多和尚。血泊内横尸里巷，今日赤條條什麼模樣。立雪齊腰，投岩喂虎，全不想祖師經上。目連救母生天，這賊禿爲娘身喪。』

後來薊州城裏書會們備知了這件事，拿起筆來，又做了這隻《臨江仙》詞，教唱道：

『破戒沙門情最惡，終朝女色昏迷。頭陀做作亦蹺蹊。睡來同衾枕，死去不分離。小和尚片時狂性起，大和尚魄喪魂飛。長街上露出這些兒。衹因胡道者，害了海闍黎。』

這件事滿城裏都講動了，那婦人也驚得呆了。自不敢説，衹是肚裏暗暗地叫苦。

楊雄在薊州府裏，有人告道殺死和尚、頭陀，心裏早瞧了七八分，尋思：『此一事準是石秀做出來了。我前日一時間錯怪了他。我今日閑些，且去尋他，問他個真實。』正走過州橋前來，衹聽得背後有人叫道：『哥哥那裏去？』楊雄回過頭來，見是石秀，便道：『兄弟，我正没尋你處。』石秀道：『哥哥且來我下處，和你説話。』把楊雄引到客店裏小房内，説道：『哥哥，兄弟不説謊麽？』楊雄道：『兄弟，你休怪我。是我一時愚蠢不是了，酒後失言，反被那婆娘瞞過了，怪兄弟相鬧不得。我今特來尋賢弟負荆請罪。』石秀道：『哥哥，兄弟雖是個不才小人，却是頂天立地的好漢，如何肯做這等之事！怕哥哥日後中了奸計，因此來尋哥哥，有表記教哥哥看。』將過和尚、頭陀的衣裳，『盡剥在此。』楊雄看了，心頭火起，便道：『兄弟休怪。我今夜碎割了這賤人，出這口惡氣！』石秀笑道：『你又來了！你既是公門中勾當的人，如何不知法度？你又不曾拿得他真奸，如何殺得人？倘或是小弟胡説時，却是兄弟教他如此說。請哥哥卻問嫂嫂備細緣由。」楊雄揪過那婦人來，喝道：「賊賤人！丫頭已都招了，便你一些兒休賴，再把實情對我說了，饒了你賤人一條性命！」那婦人說道：「我的不是了！你看我舊日夫妻之面，饒恕了我這一遍！」石秀道：「哥哥，含糊不得，須要問嫂嫂一個明白備細緣由。」楊雄喝道：「賤人，你快說！」那婦人衹得把偷和尚的事，從做道場夜裏說起，直至往來，一一都說了。石秀道：「你卻怎地對哥哥倒說我來調戲你？」那婦人道：「前日他醉了罵我，我見他罵得蹺蹊，我衹猜是叔叔看見破綻說與他。到五更裏，又提起來問叔叔如何，我卻把這段話來支吾。實是叔叔并不曾恁地。」石秀道：「今日三面說得明白了，任從哥哥心下如何措置。」楊雄道：「兄弟，你與我拔了這賤人的頭面，剝了衣裳，我親自伏侍他。」石秀便把那婦人頭面首飾衣服都剝了。楊雄割兩條裙帶來，親自用手把婦人綁在樹上。石秀也把迎兒的首飾都去了，遞過刀來說道：「哥哥，這個小賤人留他做什麼，一發斬草除根。」楊雄應道：「果然。兄弟把刀來，我自動手！」迎兒見頭勢不好，卻待要叫，楊雄手起一刀，揮作兩段。那婦人在樹上叫道：「叔叔勸一勸！」石秀道：「嫂嫂，哥哥自來伏侍你。」楊雄向前，把刀先挖出舌頭，一刀便割了，且教那婦人叫不得。楊雄卻指着罵道：「你這賊賤人，我一時間誤聽不明，險些被你瞞過了！一者壞了我兄弟情分，二乃久後必然被你害了性命，不如我今日先下手爲强。我想你這婆娘，心肝五臟怎地生着？我且看一看！」一刀從心窩裏直割到小肚子下，取出心肝五臟，挂在松樹上。楊雄又將這婦人七事件分開了，卻將頭面衣服都拴在包裹裏了。

楊雄道：「兄弟你且來，和你商量一個長便。如今一個奸夫，一個淫婦，都已殺了。衹是我和你投那裏去安身立命？」石秀道：「兄弟已尋思下了，自有個所在，請哥哥便行，不可耽遲。」楊雄道：「卻是那裏去？」石秀道：「哥哥殺了人，兄弟又殺人，不去投梁山泊入伙，卻投那裏去？」楊雄道：「且住！我和你又不曾認得他那裏一個人，如何便肯收録我們？」石秀道：「哥哥差矣。如今天下江湖上皆聞山東及時雨宋公明招賢納士，結識天下好漢。誰不知道！放着我和你一身好武藝，愁甚不收留！」楊雄道：「凡事先難後易，免得後患。我卻不合是公人，衹恐他疑心，不肯安着我們。」石秀笑道：「他不是押司出身？我教哥哥一發放心，前者哥哥認義兄弟那一日，先在酒店裏和我吃酒的那兩個人，一個是梁山泊神行太保戴宗，一個是錦豹子楊林。他與兄弟十兩一錠銀子，尚兀自在包裏。因此可去投托他。」楊雄道：「既有這條門路，我去收拾了些盤纏便走。」石秀道：「哥哥，你也這般兜搭。倘或入城事發拿住，如何脫身？放着包裏現有若干釵釧首飾，兄弟又有些銀兩，再有三五個人也夠用了，何須又去取討，惹起是非來，如何救解？這事少時便發，不可遲滯。我們衹好望山後走。」

石秀便背上包裹，拿了杆棒。楊雄插了腰刀在身邊，提了樸刀。卻待要離古墓，衹見松樹後走出一個人來，叫道：「清平世界，蕩蕩乾坤，把人割了，卻去投奔梁山泊入伙。我聽得多時了。」楊雄、石秀看時，那人納頭便拜。楊雄卻認得這人，姓時名遷，祖貫是高唐州人氏。流落在此，則一地裏做些飛檐走壁，跳籬騙馬的勾當。曾在薊州府裏吃官司，卻得楊雄救了他。人都叫他做鼓上蚤。怎見得時遷的好處？有詩爲證：

骨軟身軀健，眉濃眼目鮮。形容如怪族，行步似飛仙。夜静穿墻過，更深繞屋懸。偷營高手客，鼓上蚤時遷。

當時楊雄便問時遷：「你說什麼？」時遷道：「節級哥哥聽禀：小人近日没甚道路，在這山裏掘些古墳，覓兩分東西。因見哥哥在此行事，不敢出來衝撞，卻聽說去投梁山泊入伙。小人如今在此，衹做得些偷鷄盜狗的勾當，幾時是了。跟隨的二位哥哥上山去，卻不好！未知尊意肯帶挈小人麼？」石秀道：「既是好漢中人物，他那裏如今招納壯士，那争你一個！若如此說時，我們一同去。」時遷道：「小人卻認得小路去。」當下引了楊雄、石秀，三個人自取小路下後山，投梁山泊去了。

卻說這兩個轎夫在半山裏等到紅日平西，不見三個下來。分付了，又不敢上去。挨不過了，不免信步尋上山來，衹見一群老鴉，成團打塊在古墓上。兩個轎夫上去看時，原來卻是老鴉奪那肚腸吃，以此聒噪。轎夫看了，吃着一驚，慌忙回家報與潘公，一同去薊州府裏首告。知府隨即差委一員縣尉，帶了仵作行人，來翠屏山檢驗尸首已了。回復知府，稟道：『檢得一口婦人潘巧雲，割在松樹邊。使女迎兒，殺死在古墓下。墳邊遺下一堆婦人、頭陀衣服。』知府聽了，想起前日海和尚、頭陀的事，備細詢問潘公。那老子把這僧房酒醉一節，和這石秀出去的緣由，都説了一遍。知府道：『眼見得是此婦人與這和尚通奸，那女使、頭陀做脚。想這石秀那厮路見不平，殺死頭陀、和尚。楊雄這厮今日殺了婦人、女使無疑。定是如此。祇拿得楊雄、石秀，便知端的。』當即行移文書，出給賞錢，捕獲楊雄、石秀。其餘轎夫人等，各放回聽候。潘公自去買棺木，將尸首殯葬，不在話下。

再説楊雄、石秀、時遷離了薊州地面，在路夜宿曉行。不則一日，行到鄆州地面。過得香林窪，早望見一座高山，不覺天色漸漸晚了。看見前面一所靠溪客店，三個人行到門前看時，但見：

前臨官道，後傍大溪。數百株垂柳當門，一兩樹梅花傍屋。荆榛籬落，周回繞定茅茨；蘆葦簾櫳，前後遮藏土炕。右壁廂一行書寫：門關暮接五湖賓；左勢下七字句道：庭户朝迎三島客。雖居野店荒村外，亦有高車駟馬來。

當日黄昏時候，店小二却待關門，祇見這三個人撞將入來。小二問道：『客人來路遠，以此晚了？』時遷道：『我們今日走了一百里以上路程，因此到得晚了。』小二哥放他三個人來安歇，問道：『客人不曾打火麽？』時遷道：『我們自理會。』小二道：『今日没客歇，竈上有兩隻鍋乾净，客人自用不妨。』時遷問道：『店裏有酒肉賣麽？』小二道：『今日早起有些肉，都被近村人家買了去，祇剩得一瓮酒在這裏，并無下飯。』時遷道：『也罷。先借五升米來做飯，却理會。』小二哥取出米來與時遷，就淘了，做起一鍋飯來。石秀自在房中安頓行李。楊雄取出一隻釵兒，把與店小二，先回他這瓮酒來吃，明日一發算帳。小二哥收了釵兒，便去裏面掇出那瓮酒來開了，將一碟兒熟菜放在桌子上。時遷先提一桶湯來，叫楊雄、石秀洗了脚手。一面篩酒來，就來請小二哥一處坐地吃酒。放下四隻大碗，斟下酒來吃。

石秀看見店中檐下插着十數把好樸刀，問小二哥道：『你家店裏怎的有這軍器？』小二哥應道：『都是主人家留在這裏。』石秀道：『你家主人是什麽樣人？』小二道：『客人，你是江湖上走的人，如何不知我這裏的名字？前面那座高山便唤做獨龍岡山。山前有一座另巍巍岡子，便唤做獨龍岡。上面便是主人家住宅。這裏方圓三百裏，却唤做祝家莊。莊主太公祝朝奉，有三個兒子，稱爲祝氏三杰。莊前莊後有五七百人家，都是佃户，各家分下兩把樸刀與他。這裏唤作祝家店，常有數十個家人來店裏上宿，以此分下樸刀在這裏。』石秀道：『他分軍器在店裏何用？』小二道：『此間離梁山泊不遠，地方較近，祇恐他那裏賊人來借糧，因此準備下。』石秀道：『我與他些銀兩，回與我一把樸刀用，如何？』小二哥道：『這個却使不得，器械上都編着字號。我小人吃不得主人家的棍棒，我這主人法度不輕。』石秀笑道：『我自取笑你，你却便慌。且祇顧飲酒。』小二道：『小人吃不得了，先去歇了。客人自便，寬飲幾杯。』小二哥去了。

楊雄、石秀又自吃了一回酒。祇見時遷道：『哥哥要肉吃麽？』楊雄道：『店小二説没了肉賣，你又那裏得來？』時遷嘻嘻的笑着，去竈上提出一隻老大公鷄來。楊雄問道：『那裏得這鷄來？』時遷道：『小弟却才去後面净手，見這隻鷄在籠裏。尋思没甚與哥哥吃酒，被我悄悄把去溪邊殺了，提桶湯去後面，就那裏撏得乾净，煮得熟了，把來與二位哥哥吃。』楊雄道：『你這厮還是這等賊手賊脚！』石秀笑道：『還未改本行。』三個笑了一回，把這鷄來手撕開吃了，一面盛飯來吃。

祇見那店小二略睡一睡，放心不下，爬將起來，前後去照管。祇見厨桌上有些鷄毛，都是鷄骨頭。却去竈上看時，半鍋肥汁。小二慌忙去後面籠裏看時，不見了鷄。連忙出來問道：『客人，你們好不達道理！如何偷了我店裏報曉的鷄吃？』時遷道：『見鬼了耶耶！我自路上買得這隻鷄來吃，何曾見你的鷄？』小二道：『我店裏的鷄却那裏去了？』時遷道：『敢被野猫拖了？黄猩子吃了？鷂鷹撲了去？我却怎地得知。』小二道：『我的鷄才在籠裏，不是你偷了是誰？』石秀道：『不要争，值幾錢，賠了你便罷。』店小二道：『我的是報曉鷄，店内少他不得。

第四十七回　撲天雕雙修生死書　宋公明一打祝家莊

人亦有言：不遇盤根錯節，不足以見利器。夫不遇難題，亦不足以見奇筆也。此回要寫宋江打祝家莊。夫打祝家莊，亦尋常戰鬥之事耳，烏足以展耐庵之經緯？故未制文，先制題，于祝家莊之東，先立一李家莊，于祝家莊之西，又立一扈家莊。三莊相連，勢如翼虎，打東則中帥西救，打西則中帥東救，打中則東西合救，夫如是而題之難御，遂如六馬亂馳非一繮所鞚，伏箭亂發非一牌所隔，野火亂起非一手所撲矣。耐庵而後回錦心，舒綉手，弄柔翰，點妙墨，早于楊雄、石秀未至山泊之日，先按下東李，此之謂縶其右臂。入下回，十六虎將浴血苦戰，生擒西扈，此之謂餓其左腋。東西定，而殲厥三祝，曾不如縛一鷄之易者，是皆耐庵相題有眼，捽題有法，搗題有力，故得至是。人徒就篇尾論長數短，謂亦猶夫能事，殊未向篇首一籌量其落筆之萬難也。

看他寫李、祝之戰，衹是相當，非不欲作快筆，徒恐因而兩家不得住手，便礙宋江一打筆勢。故行文有時占得一筆，是多一筆，亦有時留得一筆，是多一筆也。

石秀探路一段，描出全副一個精細人。讀之，益想耐庵七竅中，真乃無奇不備。

話說當時楊雄扶起那人來，叫與石秀相見。石秀便問道：『這位兄長是誰？』楊雄道：『這個兄弟姓杜名興，祖貫是中山府人氏。因爲他面顔生得粗莽，以此人都唤他做鬼臉兒。上年間做買賣來到薊州，因一口氣上打死了同伙的客人，吃官司監在薊州府裏。楊雄見他説起拳棒都省得，一力維持，救了他，不想今日在此相會。』杜興便問道：『恩人爲何公幹來到這裏？』楊雄附耳低言道：『我在薊州殺了人命，欲要投梁山泊去入伙。昨晚在祝家店投宿，因同一個來的伙伴時遷偷了他店裏報曉鷄吃，一時與店小二鬧將起來，性起，把他店屋放火都燒了。我三個連夜逃走，不提防背後趕來。我弟兄兩個搠翻了他幾個，不想亂草中間舒出兩把撓鈎，把時遷搭了去。我兩個亂撞到此，正要問路，不想遇見賢弟。』杜興道：『恩人不要慌，我叫放時遷還你。』楊雄道：『賢弟少坐，同飲一杯。』

三人坐下。當時飲酒，杜興便道：『小弟自從離了薊州，多得恩人的恩惠，來到這裏。感承此間一個大官人見愛，收録小弟在家中做個主管。每日撥萬論千，盡托付杜興身上，以此不想回鄉去。』楊雄道：『此間大官人是誰？』杜興道：『此間獨龍岡前面有三座山岡，列着三個村坊：中間是祝家莊，西邊是扈家莊，東邊是李家莊。這三處莊上，三村裏算來總有一二萬軍馬人家。惟有祝家莊最豪杰，爲頭家長唤做祝朝奉，有三個兒子，名爲祝氏三杰：長子祝龍，次子祝虎，三子祝彪。又有一個教師，唤做鐵棒欒廷玉，此人有萬夫不當之勇。莊上自有一二千了得的莊客。西邊有個扈家莊，莊主扈太公，有個兒子唤做飛天虎扈成，也十分了得。惟有一個女兒最英雄，名唤一丈青扈三娘，使兩口日月雙刀，馬上如法了得。這裏東村莊上，却是杜興的主人，姓李名應，能使一條渾鐵點鋼槍，背藏飛刀五口，百步取人，神出鬼没。這三村結下生死誓願，同心共意，但有吉凶，遞相救應。惟恐梁山泊好漢過來借糧，因此三村準備下抵敵他。如今小弟引二位到莊上見了李大官人，求書去搭救時遷。』楊雄又問道：『你那李大官人，莫不是江湖上唤撲天雕的李應？』杜興道：『正是他。』石秀道：『江湖上衹聽得説獨龍岡有個撲天雕李應是好漢，却原來在這裏。多聞他真個了得，是好男子，我們去走一遭。』楊雄便唤酒保計算酒錢。杜興那裏肯要他還，便自招了酒錢。

三個離了村店，便引楊雄、石秀來到李家莊上。楊雄看時，真個好大莊院。外面周回一遭闊港，粉墻傍岸，有數百株合抱不交的大柳樹，門外一座吊橋，接着莊門。入得門來到廳前，兩邊有二十餘座槍架，明晃晃的都插滿軍器。杜興道：『兩位哥哥在此少等，待小弟入去報知，請大官人出來相見。』杜興入去不多時，衹見李應從裏面出來。楊雄、石秀看時，果然好表人物。有《臨江仙》詞爲證：

鶻眼鷹睛頭似虎，燕頜猿臂狼腰。疏財仗義結英豪。愛騎雪白馬，喜着絳紅袍。背上飛刀藏五把，點鋼槍斜嵌銀條。

四下裏遍插着槍刀軍器。門樓上排着戰鼓銅鑼。李應勒馬在莊前大罵：「祝家三子，怎敢毀謗老爺！」衹見莊門開處，擁出五六十騎馬來。當先一騎似火炭赤的馬上，坐着祝朝奉第三子祝彪出馬。怎生打扮？

> 頭戴縷金鳳翅荷葉盔，身穿連環鎖子梅花甲。腰懸一副弓和箭，手執二件刀與槍。馬額下紅纓如血染，寶鐙邊氣焰似雲霞。

當下李應見了祝彪，指着大罵道：「你這廝口邊奶腥未退，頭上胎髮猶存。你爺與我結生死之交，誓願同心共意，保護村坊。你家但有事情要取人時，早來早放，要取物件，無有不奉。我今一個平人，二次修書來討，你如何扯了我的書札，恥辱我名，是何道理？」祝彪道：「俺家雖和你結生死之交，誓願同心協意，共捉梁山泊反賊，掃清山寨。你如何却結連反賊，意在謀叛？」李應喝道：「你説他是梁山泊甚人？你這廝却冤平人做賊，當得何罪！」祝彪道：「賊人時遷已自招了，你休要在這裏胡説亂道，遮掩不過！你去便去，不去時，連你捉了也做賊人解送。」

李應大怒，拍坐下馬，挺手中槍，便奔祝彪。祝彪縱馬去戰李應。兩邊擂起鼓來。兩個就獨龍岡前，一來一往，一上一下，鬥了十七八合。祝彪戰李應不過，撥回馬便走。李應縱馬趕將去。祝彪把槍横擔在馬上，左手拈弓，右手取箭，搭上箭，拽滿弓，覷得較親，背翻身一箭。李應急躲時，臂上早着。李應翻筋鬥墜下馬來。祝彪便勒轉馬來搶人。楊雄、石秀見了，大喝一聲，拈兩把樸刀，直奔祝彪馬前殺將來。祝彪抵當不住，急勒回馬便走，早被楊雄一樸刀戳在馬後股上。那馬負疼，壁直立起來，險些兒把祝彪掀在馬下，却得隨從馬上的人都搭上箭射將來。楊雄、石秀見了，自思又無衣甲遮身，衹得退回不趕。杜興也自把李應救起，上馬先去了。楊雄、石秀跟了衆莊客也走了。祝家莊人馬趕了二三里路，見天色晚來，也自回去了。

杜興扶着李應，回到莊前，下了馬，同入後堂坐。衆宅眷都出來看視。拔了箭矢，伏侍卸了衣甲，便把金

瘡藥敷了瘡口。連夜在後堂商議。楊雄、石秀説道：「既是大官人被那廝無禮，又中了箭。非不効力。時遷亦不能夠出來。我弟兄兩個，衹得上梁山泊去懇告晁、宋二公并衆頭領，來與大官人報仇，就救時遷。」李應道：「非是我不用心，實出無奈。兩位壯士，衹得休怪！」叫杜興取些金銀相贈。楊雄、石秀那裏肯受。李應道：「江湖之上，二位不必推却。」兩個方才收受，拜辭了李應。杜興送出村口，指與大路。杜興作別了，自回李家莊。不在話下。

且説楊雄、石秀取路投梁山泊來，早望見遠遠一處新造的酒店，那酒旗兒直挑出來。兩個入到店裏買些酒吃，就問路程。這酒店却是梁山泊新添設做眼的酒店，正是石勇掌管。兩個一面吃酒，一頭動問酒保上梁山泊路程。石勇見他兩個非常，便來答應道：「你兩位客人從那裏來？要問上山去怎地？」楊雄道：「我們從薊州來。」石勇猛可想起道：「莫非足下是石秀麼？」楊雄道：「我乃是楊雄。這個兄弟是石秀。大哥如何得知石秀名？」石勇慌忙道：「小子不認得。前者戴宗哥哥到薊州回來，多曾稱説兄長，聞名久矣。今得上山，且喜，且喜！」三個敘禮罷，楊雄、石秀把上件事都對石勇説了。石勇隨即叫酒保置辦分例酒來相待，推開後面水亭上窗子，拽起弓，放了一枝響箭。衹見對港蘆葦叢中，早有小嘍囉摇過船來。石勇便邀二位上船，直送到鴨嘴灘上岸。石勇已自先使人上山去報知，早見戴宗、楊林下山來迎接。俱各敘禮罷，一同上至大寨裏。

衆頭領知道有好漢上山，都來聚會，大寨坐下。戴宗、楊林引楊雄、石秀上廳參見晁蓋、宋江并衆頭領。相見已罷，晁蓋細問兩個蹤迹。楊雄、石秀把本身武藝、投托入伙先説了。衆人大喜，讓位而坐。楊雄漸漸説到：「有個來投托大寨同入伙的時遷，不合偷了祝家店裏報曉鷄，一時争鬧起來，石秀放火燒了他店屋，時遷被捉。李應二次修書去討，怎當祝家三子堅執不放，誓願要捉山寨裏好漢。且又千般辱駡。叵耐那廝十分無禮！」不説萬事皆休，才然説罷，晁蓋大怒，喝叫：「孩兒們！將這兩個與我斬訖報來！」正是：

楊雄石秀訴衷腸，可笑時遷行不臧。惹得群雄齊發怒，興兵三打祝家莊。

宋江慌忙勸道：『哥哥息怒！兩個壯士不遠千里而來，同心協助，如何却要斬他？』晁蓋道：『俺梁山泊好漢，自從火并王倫之後，便以忠義爲主，全施仁德于民。一個個兄弟下山去，不曾折了銳氣。新舊上山的兄弟們，各各都有豪杰的光彩。這廝兩個把梁山泊好漢的名目去偷鷄吃，因此連累我等受辱。今日先斬了這兩個，將這廝首級去那裏號令，便起軍馬去，就洗蕩了那個村坊，不要輸了銳氣。如何？孩兒們，快斬了報來！』宋江勸住道：『不然！哥哥不聽這兩位賢弟却才所説，那個鼓上蚤時遷，他原是此等人，以致惹起祝家那廝來，豈是這二位賢弟要玷辱山寨。我也每每聽得有人説，祝家莊那廝要和俺山寨敵對。即目山寨人馬數多，錢糧缺少。非是我等要去尋他，那廝倒來吹毛求疵，因而正好乘勢去拿那廝。若打得此莊，倒有三五年糧食。非是我們生事害他，其實那廝無禮。哥哥權且息怒，小可不才，親領一支軍馬，啓請幾位賢弟們下山去打祝家莊。若不洗蕩得那個村坊，誓不還山。一是與山寨報仇，不折了銳氣，二乃免此小輩，被他耻辱，三則得許多糧食，以供山寨之用，四者就請李應上山入伙。』吴學究道：『兄長之言最好。豈可山寨自斬手足之人？』戴宗便道：『寧可斬了小弟，不可絶了賢路。』衆頭領力勸，晁蓋方才免了二人。楊雄、石秀也自謝罪。宋江撫諭道：『賢弟休生异心！此是山寨號令，不得不如此。便是宋江，倘有過失，也須斬首，不敢容情。如今新近又立了鐵面孔目裴宣做軍政司，賞功罰罪，已有定例。賢弟衹得恕罪，恕罪。』楊雄、石秀拜罷，謝罪已了，晁蓋叫去坐于楊林之下。山寨裏都唤小嘍囉來參賀新頭領已畢，一面殺牛宰馬，且做慶喜筵席。撥定兩所房屋，教楊雄、石秀安歇，每人撥十個小嘍囉伏侍。當晚席散，次日再備筵席，會衆商量議事。

宋江教唤鐵面孔目裴宣計較下山人數，啓請諸位頭領，同宋江去打祝家莊，定要洗蕩了那個村坊。商量已定，除晁蓋頭領鎮守山寨不動外，留下吴學究、劉唐并阮家三弟兄、吕方、郭盛護持大寨。原撥定守灘、守關、守

店有職事人員，俱各不動。又撥新到頭領孟康管造船隻，頂替馬麟監督戰船。寫下告示，將下山打祝家莊頭領分作兩起：頭一撥宋江、花榮、李俊、穆弘、李逵、楊雄、石秀、黃信、歐鵬、楊林，帶領三千小嘍囉，三百馬軍，披挂已了，下山前進；第二撥便是林沖、秦明、戴宗、張横、張順、馬麟、鄧飛、王矮虎、白勝，也帶領三千小嘍囉，三百馬軍，隨後接應。再着金沙灘、鴨嘴灘二處小寨，祇教宋萬、鄭天壽守把，就行接應糧草。晁蓋送路已了，自回山寨。

且說宋江并衆頭領徑奔祝家莊來，于路無話，早來到獨龍山前。尚有一里多路，前軍下了寨柵。宋江在中軍帳裹坐下，便和花榮商議道：『我聽得說，祝家莊裹路徑甚雜，未可進兵。且先使兩個人去探聽路途曲折，然後進去。知得順逆路程，却才進去與他敵對。』李逵便道：『哥哥，兄弟閑了多時，不曾殺得一個人，我便先去走一遭。』宋江道：『兄弟，你去不得。若破陣衝敵，用着你先去。這是做細作的勾當，用你不着。』李逵笑道：『量這個鳥莊，何須哥哥費力！祇兄弟自帶了三二百個孩兒們殺將去，把這個鳥莊上人都砍了，何須要人先去打聽！』宋江喝道：『你這厮休胡說！且一壁厢去，叫你便來。』李逵走開去了，自說道：『打死幾個蒼蠅，也何須大驚小怪！』宋江便喚石秀來，說道：『兄弟曾到彼處，可和楊林走一遭。』石秀便道：『如今哥哥許多人馬到這裹，他莊上如何不提備？我們扮做什麽樣人入去好？』楊林便道：『我自打扮了解魔的法師去，身邊藏了短刀，手裹擎着法環，于路摇將入去。你祇聽我法環響，不要離了我前後。』石秀道：『我在薊州，原曾賣柴。我祇是挑一擔柴進去賣便了。身邊藏了暗器，有些緩急，扁擔也用得着。』楊林道：『好，好！我和你計較了，今夜打點，五更起來便行。』宋江聽了，心中也喜。有詩爲證：

攘鷄無賴笑時遷，被捉遭刑不可言。搔動宋江諸煞曜，三莊迅掃作平川。

且說石秀挑着柴擔先入去。行不到二十來里，祇見路徑曲折多雜，四下裹彎環相似，樹木叢密，難認路頭。石秀便歇下柴擔不走。聽得背後法環響得漸近，石秀看時，却見楊林頭戴一個破笠子，身穿一領舊法衣，手裹擎着法環，于路摇將進來。石秀見沒人，叫住楊林說道：『看見路徑彎雜難認，不知那裹是我前日跟隨李應來時的路。天色已晚，他們衆人都是熟路，正看不仔細。』楊林道：『不要管他路徑曲直，祇顧揀大路走便了。』石秀又挑了柴，祇顧望大路先走，見前面一村人家，數處酒店肉店。石秀挑着柴，便望酒店門前歇了。祇見店内把樸刀、槍又插在門前，每人身上穿一領黄背心，寫個大『祝』字。往來的人，亦各如此。石秀見了，便看着一個年老的人，唱個喏，拜揖道：『丈人，請問此間是何風俗，爲甚都把刀槍插在當門？』那老人道：『你是那裹來的客人？原來不知，祇可快走。』石秀道：『小人是山東販棗子的客人，消折了本錢，回鄉不得，因此擔柴來這裹賣。不知此間鄉俗地理。』老人道：『客人，祇可快走，别處躲避。這裹早晚要大厮殺也。』石秀道：『此間這等好村坊去處，怎地了大厮殺？』老人道：『客人，你敢真個不知！我說與你：俺這裹唤做祝家莊，村岡上便是祝朝奉衙裹。如今惡了梁山泊好漢，現今引領軍馬，在村口要來厮殺。却怕我這村裹路雜，未敢入來，現今駐扎在外面。如今祝家莊上行號令下來，每户人家，要我們精壯後生準備着。但有令傳來，便現去策應。』石秀道：『丈人村中總有多少人家？』老人道：『祇我這祝家村，也有一二萬人家。東西還有兩村人接應：東村唤做撲天雕李應李大官人；西村唤扈太公莊，有個女兒，唤做扈三娘，綽號一丈青，十分了得。』石秀道：『似此如何却怕梁山泊做什麽！』那老人道：『若是我們初來時，不知路的，也要吃捉了。』石秀道：『丈人，怎地初來要吃捉了？』老人道：『我這村裹的路，有首詩說道：「好個祝家莊，盡是盤陀路。容易入得來，祇是出不去。」』石秀聽罷，便哭起來，撲翻身便拜，向那老人道：『小人是個江湖上折了本錢歸鄉不得的人，倘或賣了柴出去，撞見厮殺走不脫，却不是苦！爺爺，怎地可憐見！小人情願把這擔柴相送爺爺，祇指與小人出去的路罷。』那老人道：『我如何白要你的柴？我就買你的。你且入來，請你吃些酒飯。』

石秀拜謝了，挑着柴，跟那老人入到屋裏。那老人篩下兩碗白酒，盛一碗糕糜，叫石秀吃了。石秀再拜謝道：『爺爺，指教出去的路徑。』那老人道：『你便從村裏走去，衹看有白楊樹便可轉彎。不問路道闊狹，但有白楊樹的轉彎便是活路，沒那樹時都是死路。如有別的樹木轉彎，也不是活路。若還走差了，左來右去，衹走不出去。更兼死路裏，地下埋藏着竹簽、鐵蒺藜。若是走差了，踏着飛簽，準定吃捉了。待走那裏去？』石秀拜謝了，便問：『爺爺高姓？』那老人道：『這村裏姓祝的最多，惟有我復姓鍾離，土居在此。』石秀道：『酒飯小人都吃夠了，改日即當厚報。』

正說之間，衹聽得外面吵鬧。石秀聽得道拿了一個細作。石秀吃了一驚，跟那老人出來看時，衹見七八十個軍人背綁着一個人過來。石秀看時，却是楊林，剝得赤條條的，索子綁着。石秀看了，衹暗暗地叫苦，悄悄假問老人道：『這個拿了的是什麽人？爲甚事綁了他？』那老人道：『你不見說他是宋江那裏來的細作？』石秀又問道：『怎地吃他拿了？』那老人道：『說這廝也好大膽，獨自一個來做細作，打扮做個解魔法師，閃入村裏來。却又不認這路，衹揀大路走了，左來右去，衹走了死路。又不曉的白楊樹轉彎抹角的消息。人見他走得差了，來路蹺蹊，報與莊上大官來捉他。這廝方才又掣出刀來，手起傷了四五個人。當不住這裏人多，一發上去，因此吃拿了。有人認得他，從來是賊，叫做錦豹子楊林。』

說言未了，衹聽得前面喝道，說是莊上三官人巡綽過來。石秀在壁縫裏張時，看見前面擺着二十對纓槍，後面四五個人騎戰馬，都彎弓插箭。又有三五對青白哨馬，中間擁着一個年少的壯士，坐在一匹雪白馬上，全副披挂了弓箭，手執一條銀槍。石秀自認得他，特地問老人道：『過去相公是誰？』那老人道：『這官人正是祝朝奉第三子，喚做祝彪，定着西村扈家莊一丈青爲妻。弟兄三個，衹有他第一了得。』石秀拜謝道：『老爺爺，指點尋路出去。』那老人道：『今日晚了，前面倘或廝殺，枉送了你性命。』石秀道：『爺爺，可救一命則個！』那老人道：『你且在我家歇一夜。明日打聽得沒事，便可出去。』石秀拜謝了，坐在他家。衹聽得門前四五替報馬報將來，排門分付道：『你那百姓，今夜衹看紅燈爲號，齊心并力，捉拿梁山泊賊人解官請賞。』叫過去了。石秀問道：『這個人是誰？』那老人道：『這個官人是本處捕盜巡檢，今夜約會要捉宋江。』石秀見說，心中自忖了一回，討個火把，叫了安置，自去屋後草窩裏睡了。

却說宋江軍馬在村口屯駐，不見楊林、石秀出來回報，隨後又使歐鵬去到村口，出來回報道：『聽得那裏講動，說道捉了一個細作。小弟見路徑又雜，難認，不敢深入重地。』宋江聽罷，忿怒道：『如何等得回報了進兵！又吃拿了一個細作，必然陷了兩個兄弟。我們今夜衹顧進兵殺將入去，也要救他兩個兄弟，未知你衆頭領意下如何？』衹見李逵便道：『我先殺入去，看是如何。』宋江聽得，隨即便傳將令，教軍士都披挂了。李逵、楊雄前一隊做先鋒，使李俊等引軍做合後，穆弘居左，黃信在右，宋江、花榮、歐鵬等中軍頭領，摇旗吶喊，擂鼓鳴鑼，大刀闊斧，殺奔祝家莊來。

比及殺到獨龍岡上，是黃昏時分。宋江催趲前軍打莊。先鋒李逵脱得赤條條的，揮兩把夾鋼板斧，火剌剌地殺向前來。到得莊前看時，已把吊橋高高地拽起了，莊門裏不見一點火。李逵便要下水過去。楊雄扯住道：『使不得！關閉莊門，必有計策。待哥哥來，別有商議。』李逵那裏忍得住，拍着雙斧，隔岸大罵道：『那鳥祝太公老賊！你出來，黑旋風爺爺在這裏！』莊上衹是不應。宋江中軍人馬到來。楊雄接着，報說莊上并不見人馬，亦無動静。宋江勒馬看時，莊上不見刀槍軍馬，心中疑忌，猛省道：『我的不是了。天書上明明戒說：「臨敵休急暴。」是我一時見不到，衹要救兩個兄弟，以此連夜起兵。不期深入重地，直到了他莊前，不見敵軍，他必有計策，快教三軍且退。』李逵叫道：『哥哥，軍馬到這裏了，休要退兵！我與你先殺過去，你都跟我來。』

說猶未了，莊上早知。衹聽得祝家莊裏一個號炮，直飛起半天裏去。那獨龍岡上，千百把火把一齊點着。那門樓上弩箭如雨點般射將來。宋江道：『取舊路回軍。』衹見後軍頭領李俊人馬先發起喊來，說道：『來的舊路都阻塞了，必有埋伏。』宋江教軍兵四下裏尋路走。李逵揮起雙斧，往來尋人厮殺，不見一個敵軍。衹見獨龍岡上山頂，又放一個炮來。響聲未絕，四下裏喊聲震地。驚得宋公明目睁口呆，罔知所措。你便有文韜武略，怎逃出地網天羅？

正是：安排縛虎擒龍計，要捉驚天動地人。

畢竟宋公明并衆將領怎地脱身，且聽下回分解。

第四十八回　一丈青單捉王矮虎　宋公明兩打祝家莊

吾幼見陳思鏡背八字，順逆伸縮，皆成二句，嘆以爲妙。稍長，讀蘇氏織錦回文，而後知天下又有如是化工肖物之才也。幼見希夷方圓二圖，參伍錯綜，悉有定象，以爲大奇。稍長，聞諸葛八陣圖法，而後知天下又有如是縱横神變之道也。今觀耐庵二打祝家一篇，亦猶是矣。以墨爲兵，以筆爲馬，以紙爲疆場，以心爲將令。我試讀其文，真乃墨無停兵，筆無住馬，紙幾穿于蹂躪，心已絶于磨旗者也。歐鵬救矮虎，三娘便戰歐鵬。鄧飛助歐鵬奔三娘，祝龍便助三娘取宋江。馬麟爲宋江迎祝龍，鄧飛便弃歐鵬保宋江。宋江呼秦明替馬麟，秦明便舞狼牙取祝龍。馬麟得秦明便奪矮虎，三娘却撇歐鵬戰馬麟。廷玉助祝龍取秦明，歐鵬便撇三娘接廷玉。鄧飛捨宋江救歐鵬，廷玉却撇鄧飛誘秦明。鄧飛救秦明趕廷玉，馬麟便撇三娘保宋江。此是第一陣。此軍落荒正走，忽然添出穆弘、楊雄、石秀、花榮三路人馬。彼軍亦添出小郎君祝彪。雖李俊、張横、張順下水不得，而戴宗、白勝亦在對岸助喊。此是第二陣。第一陣，妙于我以四將戰彼三將，而我四將中前後轉换，必用一將保護宋江，則亦以三將戰三將，而迭躍揮霍寫來，便有千萬軍馬之勢。第二陣妙于借秦明過第一撥中，却借第三撥花榮、穆弘作第二撥前來策救，真寫出一時臨敵應變，不必死守宋江成令，而末又補出戴宗、白勝隔港呐喊，以見不漏一人也。然又有奇之尤奇者，于鳴金收軍之後，忽然變出三娘獨趕宋江，而手足無措之際，却跳出一李逵。吾不怪其至此又作奇峰，正怪其前文如何藏過。乃一之爲甚，而豈意跳出李逵之後，尚藏過一林沖。蓋此第三陣尤爲絶筆矣！

如此一篇血戰文字，却以王矮虎做光起頭，遂使讀者胸中衹謂兒戲之事，而一變便作轟雷激電之狀，直是驚嚇絶人。

矮虎、三娘本夫妻二人，而未入此回，則夫在此，妻在彼。既過此回，即妻在此，夫在彼。一篇以捉其夫去始，以捉其妻來終，皆屬耐庵才子戲筆。

話説當下宋江在馬上看時，四下裏都有埋伏軍馬，且教小嘍囉祗往大路殺將去。祗聽得五軍屯塞住了，衆人都叫苦起來。宋江問道：『怎麼叫苦？』衆軍都道：『前面都是盤陀路，走了一遭，又轉到這裏。』宋江道：『教軍馬望火把亮處有房屋人家，取路出去。』又走不多時，祗見前軍又發起喊來，叫道：『才得望火把亮處取路，又有苦竹簽、鐵蒺藜，遍地撒滿，鹿角都塞了路口！』宋江道：『莫非天喪我也！』正在慌急之際，祗聽得左軍中間，穆弘隊裏鬧動。報來説道：『石秀來了！』宋江看時，見石秀拈着口刀，奔到馬前道：『哥哥休慌，兄弟已知路了。暗傳下將令，教五軍祗看有白楊樹便轉彎走去，不要管他路闊路狹。』宋江催趲人馬，祗看有白楊樹便轉。宋江去約走過五六里路，祗見前面人馬越添得多了。宋江疑忌，便唤石秀問道：『兄弟，怎麼前面賊兵衆廣？』石秀道：『他有燭燈爲號，且尋燭燈便走。』花榮在馬上看見，把手指與宋江道：『哥哥，你看見那樹影裏這碗燭燈麼？祗看我等投東，他便把那燭燈望東扯；若是我們投西，他便把那燭燈望西扯。祗那些兒想來便是號令。』宋江道：『怎地奈何的他那碗燈？』花榮道：『有何難哉！』便拈弓搭箭，縱馬向前，望着影中祗一箭，不端不正，恰好把那碗紅燈射將下來。四下裏埋伏軍兵，不見了那碗紅燈，便都自亂攛起來。宋江叫石秀引路，且殺出村口去。祗聽得前面喊聲連天，一帶火把縱横撩亂。宋江教前軍扎住，且使石秀領路去探。不多時，回來報道：『是山寨中第二撥軍馬到了接應，殺散伏兵。』

宋江聽罷，進兵夾攻，奪路奔出村口。祝家莊人馬四散去了。會合着林沖、秦明等，衆人軍馬同在村口駐扎。却好天明，去高阜處下了寨栅，整點人馬，數内不見了鎮三山黄信。宋江大驚，詢問緣故。有昨夜跟去的軍人見的來説道：『黄頭領聽着哥哥將令，前去探路，不提防蘆葦叢中舒出兩把撓鈎，拖翻馬脚，被五七個人活捉去了，救護不得。』宋江聽罷大怒，要殺隨行軍漢：『如何不早報來？』林沖、花榮勸住宋江。衆人納悶道：『莊又不曾打得，倒折了兩個兄弟。似此怎生奈何？』楊雄道：『此間有三個村坊結并。所有東村李大官人，前日已被祝彪那厮射了一箭，見今在莊上養疾。哥哥何不去與他計議？』宋江道：『我正忘了也。他便知本處地理虚實。』分付教取一對段匹羊酒，選一騎好馬并鞍轡，親自上門去求見。林沖、秦明權守栅寨。宋江帶同花榮、楊雄、石秀，上了馬，隨行三百馬軍，取路投李家莊來。

到得莊前，早見門樓緊閉，吊橋高拽起了，墻裏擺着許多莊兵人馬。門樓上早擂起鼓來。宋江在馬上叫道：『俺是梁山泊義士宋江，特來謁見大官人，别無他意，休要提備。』莊門上杜興看見有楊雄、石秀在彼，慌忙開了莊門，放隻小船過來，與宋江聲喏。宋江連忙下馬來答禮。楊雄、石秀近前禀道：『這位兄弟便是引小弟兩個投李大官人的，唤做鬼臉兒杜興。』宋江道：『原來是杜主管。相煩足下對李大官人説：俺梁山泊宋江久聞大官人大名，無緣不曾拜會。今因祝家莊要和俺們做對頭，經過此間，特獻彩段名馬羊酒薄禮，祗求一見，别無他意。』杜興領了言語，再渡過莊來，直到廳前。李應帶傷披被坐在床上。杜興把宋江要求見的言語説了。李應道：『他是梁山泊造反的人，我如何與他厮見？無私有意。你可回他話道，祗説我卧病在床，動止不得，難以相見，改日却得拜會。禮物重蒙所賜，不敢祗受。』

杜興再渡過來見宋江，禀道：『俺東人再三拜上頭領：本欲親身迎迓，奈緣中傷，患軀在床不能相見，容日專當拜會。重蒙所賜厚禮，并不敢祗受。』宋江道：『我知你東人的意了。我因打祝家莊失利，欲求相見則個。他恐祝家莊見怪，不肯出來相見。』杜興道：『非是如此，委實患病。小人雖是中山人氏，到此多年了，頗知此間虚實事情。中間是祝家莊，東是俺李家莊，西是扈家莊。這三村莊上誓願結生死之交，有事互相救應。今番惡了俺東人，自不去救應。祗恐西村扈家莊上要來相助，他莊上别的不打緊，祗是一個女將，唤做一丈青扈三娘，使兩口日月刀，好生了得。却是祝家莊第三子祝彪定爲妻室，早晚要娶。若是將軍要打祝家莊時，不須提備東邊，祗要緊防西路。祝家莊上前後有兩座莊門，一座在獨龍岡前，一座在獨龍岡後。若打前門，却不濟事，須是兩面夾攻，方可得破。

前門打緊，路雜難認，一遭都是盤陀路徑，闊狹不等。但有白楊樹，便可轉彎，方是活路。如無此樹，便是死路。』石秀道：『他如今都把白楊樹木砍伐去了，將何爲記？』杜興道：『雖然砍伐了樹，如何起得根盡？也須有樹根在彼。祇宜白日進兵去攻打，黑夜不可進去。』

宋江聽罷，謝了杜興，一行人馬却回寨裏來。林沖等接着，都到大寨裏坐下。宋江把李應不肯相見并杜興説的話對衆頭領説了。李逵便插口道：『好意送禮與他，那厮不肯出來迎接哥哥。我自引三百人去，打開鳥莊，腦揪這厮出來拜見哥哥！』宋江道：『兄弟，你不省得，他是富貴良民，懼怕官府，如何造次肯與我們相見？』李逵笑道：『那厮想是個小孩子，怕見。』衆人一齊都笑起來。宋江道：『雖然如此説了，兩個兄弟陷了，不知性命存亡。你衆兄弟可竭力向前，跟我再去攻打祝家莊。』衆人都起身説道：『哥哥將令，誰敢不聽。不知教誰前去？』黑旋風李逵説道：『你們怕小孩子，我便前去。』宋江道：『你做先鋒不利，今番用你不着。』李逵低了頭忍氣。宋江便點馬麟、鄧飛、歐鵬、王矮虎四個，『跟我親自做先鋒去。』第二點戴宗、秦明、楊雄、石秀、李俊、張横、張順、白勝，準備下水路用人。第三點林沖、花榮、穆弘、李逵，分作兩路，策應衆軍。標撥已定，都飽食了，披挂上馬。

且説宋江親自要去做先鋒，攻打頭陣。前面打着一面大紅『帥』字旗，引着四個頭領，一百五十騎馬軍，一千步軍，直殺奔祝家莊來。于路着人探路，直來到獨龍岡前。宋江勒馬，看那祝家莊時，果然雄壯。古人有篇詩贊，便見祝家莊氣象。但見：

獨龍山前獨龍岡，獨龍岡上祝家莊。繞岡一帶長流水，周遭環匝皆垂楊。墻内森森羅劍戟，門前密密排刀槍。祝飄揚旗幟驚鳥雀，紛紜矛盾生光芒。强弩硬弓當要路，灰瓶炮石護垣墻。對敵盡皆雄壯士，當鋒多是少年郎。祝龍出陣真難敵，祝虎交鋒莫可當。更有祝彪多武藝，咤叱喑嗚比霸王。朝奉祝公謀略廣，金銀羅綺有千箱。樽酒常時延好客，山林鎮日會豪强。久共三村盟誓約，掃清强寇保村坊。白旗一對門前立，上面明書字兩行：『填平水泊擒晁蓋，踏破梁山捉宋江。』

當下宋江在馬上，看了祝家莊那兩面旗，心中大怒，設誓道：『我若打不得祝家莊，永不回梁山泊！』衆頭領看了，一齊都怒起來。宋江聽得後面人馬都到了，留下第二撥頭領攻打前門。宋江自引了前部人馬轉過獨龍岡後面來看祝家莊時，後面都是銅墻鐵壁，把得嚴整。正看之間，祗見直西一彪軍馬，吶着喊，從後殺來。宋江留下馬麟、鄧飛把住祝家莊後門，自帶了歐鵬、王矮虎，分一半人馬，前來迎接。山坡下來軍約有二三十騎馬軍，當中簇擁着一員女將。怎生結束？但見：

霧鬢雲鬟嬌女將，鳳頭鞋寶鐙斜踏。黄金堅甲襯紅紗，獅蠻帶柳腰端跨。霜刀把雄兵亂砍，玉纖手將猛將生拿。天然美貌海棠花，一丈青當先出馬。

那來軍正是扈家莊女將一丈青扈三娘。一騎青鬃馬上，輪兩口日月雙刀，引着三五百莊客，前來祝家莊策應。宋江道：『剛説扈家莊有這個女將好生了得，想來正是此人。誰敢與他迎敵？』説猶未了，祗見這王矮虎是個好色之徒，聽得説是個女將，指望一合便捉得過來。當時喊了一聲，驟馬向前，挺手中槍便出迎敵一丈青。兩軍吶喊。那扈三娘拍馬舞刀來戰王矮虎。一個雙刀的熟閑，一個單槍的出衆，兩個鬥敵十數合之上，宋江在馬上看時，見王矮虎槍法架隔不住。原來王矮虎初見一丈青，恨不得便捉過來，誰想鬥過十合之上，看看的手顫脚麻，槍法便都亂了。不是兩個性命相撲時，王矮虎却要做光起來。那一丈青是個乖覺的人，心中道：『這厮無理！』便將兩把雙刀，直上直下，砍將入來。這王矮虎如何敵得過，撥回馬却待要走。被一丈青縱馬趕上，把右手刀挂了，輕舒猿臂，將王矮虎提離雕鞍，活捉去了。衆莊客齊上，把王矮虎横拖倒拽捉了去。

歐鵬見折了王英，便提起刀來救。一丈青縱馬跨刀，接着歐鵬，兩個便鬥。原來歐鵬祖是軍班子弟出身，使得好大滚刀。宋江看了，暗暗的喝采。怎的一個歐鵬刀法精熟，也敵不得那女將半點便宜。鄧飛在遠遠處看見捉了王矮虎，歐鵬又戰那女將不下，跑着馬，提了鐵槍，大發喊趕將來。祝家莊上已看多時，誠恐一丈青有失，慌忙放下吊橋，開了莊門。祝龍親自引了三百餘人，驟馬提槍來捉宋江。馬麟看見，一騎馬使起雙刀，來迎住祝龍厮殺。鄧飛恐宋江有失，不離左右，看他兩邊厮殺，喊聲迭起。宋江見馬麟鬥祝龍不過，歐鵬鬥一丈青不下，正慌哩，祗見一彪軍馬從刺斜裏殺將來。宋江看時，大喜。却是霹靂火秦明，聽得莊後厮殺，前來救應。宋江大叫：『秦統制，你可替馬麟！』

秦明是個急性的人，更兼祝家莊捉了他徒弟黄信，正没好氣，拍馬飛起狼牙棍，便來直取祝龍。祝龍也挺槍來敵秦明。馬麟引了人却奪王矮虎。那一丈青看見了馬麟來奪人，便撇了歐鵬，却來接住馬麟厮殺。兩個都會使雙刀，馬上相迎着，正如這風飄玉屑，雪撒瓊花。宋江看得眼也花了。這邊秦明和祝龍鬥到十合之上，祝龍如何敵得秦明過。莊門裏面那教師欒廷玉，帶了鐵錘，上馬挺槍，殺將出來。歐鵬便來迎住欒廷玉厮殺。欒廷玉也不來交馬，帶住槍時，刺斜裏便走。歐鵬趕將去，被欒廷玉一飛錘正打着，翻筋斗攧下馬去。鄧飛大叫：『孩兒們救人！』上馬飛着鐵槍，徑奔欒廷玉。宋江急唤小嘍囉救得歐鵬上馬。那祝龍當敵秦明不住，拍馬便走。欒廷玉也撇了鄧飛，却來戰秦明。兩個鬥了一二十合，不分勝敗。欒廷玉賣個破綻，落荒即走。秦明舞棍徑趕將去。欒廷玉便望荒草之中跑馬入去。秦明不知是計，也追入去。原來祝家莊那等去處，都有人埋伏。見秦明馬到，拽起絆馬索來，連人和馬都絆翻了，發聲喊，捉住了秦明。鄧飛見秦明墜馬，慌忙來救，急見絆馬索拽，却待回身，兩下裏叫聲：『着！』撓鉤似亂麻一般搭來，就馬上活捉了去。

宋江看見，祗叫得苦。止救得歐鵬上馬。馬麟撇了一丈青，急奔來保護宋江，望南而走。背後欒廷玉、祝龍、一丈青分投趕將來。看看没路，正待受縛。祗見正南上一伙好漢飛馬而來，背後隨從約有五百人馬。宋江看時，乃是沒遮攔穆弘。東南上也有三百餘人，兩個好漢飛奔前來，一個是病關索楊雄，一個是拚命三郎石秀。東北上又一個好漢，高聲大叫：『留下人着！』宋江看時，乃是小李廣花榮。三路人馬一齊都到。宋江心下大喜，一發并力來戰欒廷玉、祝龍。莊上望見，恐怕兩個吃虧，且教祝虎守把住莊門，小郎君祝彪騎一匹劣馬，使一條長槍，自引五百餘人馬，從莊後殺將出來，一齊混戰。莊前李俊、張橫、張順下水過來，被莊上亂箭射來，不能下手。戴宗、白勝祇在對岸吶喊。宋江見天色晚了，急叫馬麟先保護歐鵬出村口去。宋江又叫小嘍囉篩鑼，聚攏衆好漢，且戰且走。宋江自拍馬到處尋了看，祇恐弟兄們迷了路。正行之間，祇見一丈青飛馬回來。宋江措手不及，便拍馬望東而走。背後一丈青緊追着，八個馬蹄翻盞撒鈸相似，趕投深村處來。一丈青正趕上宋江，待要下手，祇聽得山坡上有人大叫道：『那鳥婆娘趕我哥哥那裏去！』宋江看時，却是黑旋風李逵，輪兩把板斧，引着七八十個小嘍囉，大踏步趕將來。一丈青便勒轉馬，望這樹林邊去。宋江也勒住馬看時，祇見樹林邊轉出十數騎馬軍來，當先簇擁着一個壯士。怎生結束？但見：

嵌寶頭盔穩戴，磨銀鎧甲重披。素羅袍上綉花枝，獅蠻帶瓊瑤密砌。丈八蛇矛緊挺，霜花駿馬頻嘶。滿山都喚小張飛，豹子頭林沖便是。

那來軍正是豹子頭林沖，在馬上大喝道：『兀那婆娘走那裏去？』一丈青飛刀縱馬，直奔林沖。林沖挺丈八蛇矛迎敵。兩個鬥不到十合，林沖賣個破綻，放一丈青兩口刀砍入來。林沖把蛇矛逼個住，兩口刀逼斜了，趕攏去，輕舒猿臂，款扭狼腰，把一丈青祇一拽，活挾過馬來。宋江看見，喝聲采，不知高低。林沖叫軍士綁了，驟馬來問道：『不曾傷犯了哥哥？』宋江道：『不曾傷着。』便叫李逵：『快走！村中接應衆好漢，且教來村口商議。天色已晚，不可戀戰。』黑旋風領本部人馬去了。林沖保護宋江，押着一丈青在馬上，取路出村口來。當晚衆頭領不得便宜，急急都趕出村口來。祝家莊人馬，也收回莊上去了。滿村中殺死的人，不計其數。祝龍教把捉到的人，都將來陷車囚了，一發拿了宋江，却解上東京去請功。扈家莊已把王矮虎解送到祝家莊去了。

且說宋江收回大隊人馬，到村口下了寨柵。先教將一丈青過來，喚二十個老成的小嘍囉，着四個頭領，騎四匹快馬，把一丈青拴了雙手，也騎一匹馬，『連夜與我送上梁山泊去，交與我父親宋太公收管，便來回話。待我回山寨，自有發落。』衆頭領都祇道宋江自要這個女子，盡皆小心送去。就把一輛車兒教歐鵬上山去將息。一行人都領了將令，連夜去了。宋江其夜在帳中納悶，一夜不睡，坐而待旦。

次日，祇見探事人報來說：『軍師吳學究，引將三阮頭領，并呂方、郭盛，帶五百人馬到來！』宋江聽了，出寨迎接了軍師吳用，到中軍帳裏坐下。吳學究帶將酒食來與宋江把盞賀喜，一面犒賞三軍衆將。吳用道：『山寨裏晁頭領多聽得哥哥先次進兵不利，特地使將吳用并五個頭領來助戰。不知近日勝敗如何？』宋江道：『一言難盡！叵耐祝家那廝，他莊門上立兩面白旗，寫道：「填平水泊擒晁蓋，踏破梁山捉宋江。」這廝無禮！先一遭進兵攻打，因爲失其地利，折了楊林、黄信。夜來進兵，又被一丈青捉了王矮虎，欒廷玉錘打傷了歐鵬，絆馬索拖翻捉了秦明、鄧飛。如此失利，若不得林教頭恰活捉得一丈青時，折盡銳氣。今來似此，如之奈何？若是宋江打不得祝家莊破，救不出這幾個兄弟來，情願自死于此地，也無面目回去見得晁蓋哥哥。』吳學究笑道：『這個祝家莊也是合當天敗，却好有這個機會。吳用想來，唾手而得，事在旦夕可破。』宋江聽罷大驚，連忙問道：『軍師神機妙策，人不敢及。請問先生，這祝家莊如何旦夕可破？機會自何而來？』吳學究笑着，不慌不忙，迭兩個指頭，說出這個機會來。正是：空中伸出拿雲手，救出天羅地網人。

畢竟軍師吳用對宋江說出什麽機會來，且聽下回分解。

第四十九回　解珍解寶雙越獄　孫立孫新大劫牢

千軍萬馬後忽然颮去，別作湍悍娟致之文，令讀者目不暇易。

樂和說：『你有個哥哥。』解珍却說：『我有個姐姐。』樂和所說哥哥，乃是娘面上來。解珍所說姐姐，却自爺面上起。樂和說起哥哥，樂和却是他的妻舅。解珍說起姐姐，解珍又是他兄弟的妻舅。無端撮弄出一派親戚，却又甜筆淨墨，絶無困蠢彭亨之狀。昨讀《史記》霍光與去病兄弟一段，嘆其妙筆，今日又讀此文也。

賴字，出《左傳》。賴人姓毛，出《大藏》。然此族今已蔓延天下矣，如之何！

話說當時吳學究對宋公明說道：『今日有個機會，却是石勇面上一起來投入伙的人，又與欒廷玉那廝最好，亦是楊林、鄧飛的至愛相識。他知道哥哥打祝家莊不利，特獻這條計策來入伙，以爲進身之報，隨後便至。五日之內可行此計，却是好麼？』宋江聽了，大喜道：『妙哉！』方才笑逐顔開。說話的，却是什麽計策？下來便見。看官牢記這段話頭，原來和宋公明初打祝家莊時，一同事發。却難這邊說一句，那邊說一回，因此權記下這兩打祝家莊的話頭，却先說那一回來投入伙的人乘機會的話，下來接着關目。

原來山東海邊有個州郡，唤做登州。登州城外有一座山，山上多有豺狼虎豹出來傷人。因此登州知府拘集獵户，當廳委了杖限文書，捉捕登州山上大蟲。又仰山前山後里正之家也要捕虎文狀，限外不行解官，痛責枷號不恕。且說登州山下有一家獵户，弟兄兩個，哥哥唤做解珍，兄弟唤做解寶。弟兄兩個都使渾鐵點鋼叉，有一身驚人的武藝。當州裏的獵户們都讓他第一。那解珍一個綽號唤做兩頭蛇，這解寶綽號叫做雙尾蠍。二人父母俱亡，不曾婚娶。那哥哥七尺以上身材，紫棠色面皮，腰細膀闊。曾有一篇《臨江仙》，單道着解珍的好處：

雖是登州搜獵户，忠良偏惡奸邪。虎皮戰襖鹿皮靴。硬弓開滿月，强弩蹬撵車。渾鐵鋼叉無敵手，縱横誰敢攔遮。怒時肝膽盡横斜。解珍心性惡，人號兩頭蛇。

那個兄弟解寶，更是利害，也有七尺以上身材，面圓身黑，兩隻腿上刺着兩個飛天夜叉。有時性起，恨不得騰天倒地，拔樹摇山。也有一篇《西江月》，單道着解寶的好處：

性格忘生拼命，生來驍勇英豪。趕翻麋鹿與猿猱，殺盡山中虎豹。手執蓮花鐵鋭，腰懸蒲葉尖刀。腰間緊束虎筋絛，雙尾蠍英雄解寶。

那弟兄兩個，當官受了甘限文書，回到家中，整頓窩弓、藥箭、弩子、擋叉，穿了豹皮褲、虎皮套體，拿了鐵叉，兩個徑奔登州山上，下了窩弓，去樹上等了一日，不濟事了，收拾窩弓下去。次日，又帶了乾糧，再上山伺候，看看天晚，弟兄兩個再把窩弓下了，爬上樹去，直等到五更，又没動静。兩個移了窩弓，却來西山邊下了。坐到天明，又等不着。兩個心焦，說道：『限三日内要納大蟲，遲時須用受責，却是怎地好！』

兩個到第三日夜，伏至四更時分，不覺身體困倦，兩個背廝靠着且睡。未曾合眼，忽聽得窩弓發響。兩個跳將起來，拿了鋼叉，四下裏看時，衹見一個大蟲，中了藥箭，在那地上滚。兩個拈着鋼叉向前來。那大蟲見了人來，帶着箭便走。兩個追將向前去，不到半山裏時，藥力透來，那大蟲當不住，吼了一聲，骨渌渌滚將下山去了。解寶道：『好了！我認得這山是毛太公莊後園裏，我和你下去他家取討大蟲。』當時弟兄兩個，提了鋼叉，徑下山來投毛太公莊上敲門。此時方才天明，兩個敲開莊門入去。莊客報與太公知道。多時，毛太公出來。解珍、解寶放下鋼叉，聲了喏，說道：『伯伯，多時不見，今日特來拜擾。』毛太公道：『賢侄如何來得這等早？有甚話說？』解珍道：『無事不敢驚動伯伯睡寢。如今小侄因爲官司委了甘限文書，要捕獲大蟲，一連等了三日。今早五更射得一個，不想從後山滚下在伯伯園裏。望煩借一路取大蟲則個。』毛太公道：『不妨。既是落在我園裏，二位且少坐。敢弟兄肚飢，吃些早飯去取。』叫莊客且去安排早膳來相待，當時勸二位吃了酒飯。解珍、解寶起身謝道：『感承伯伯厚意，望煩引去取大蟲還小侄。』毛太公道：『既是在我莊後，却怕怎地？且坐吃茶，却去取未遲。』解珍、解寶不敢相違，衹得又坐下。莊客拿茶來教二位吃了。毛太公道：『如今和賢侄去取大蟲。』解珍、解寶道：『深謝伯伯。』

毛太公引了二人，入到莊後，叫莊客把鑰匙來開門，百般開不開。毛太公道：『這園多時不曾有人來開，敢是鎖簧銹了，因此開不得。去取鐵錘來打開了罷。』莊客便將鐵錘來，敲開了鎖。衆人都入園裏去看時，遍山邊去看，尋不見。毛太公道：『賢侄，你兩個莫不錯看了，認不仔細，敢不曾落在我園裏？』解珍道：『我兩個怎地得錯看了！是這裏生長的人，如何不認得！』毛太公道：『你自尋便了，有時自抬去。』解寶道：『哥哥，你且來看。這裏一帶草滾得平平地都倒了，又有血路在上頭，如何得不在這裏？必是伯伯家莊客抬過了。』毛太公道：『你休這等説！我家莊上的人如何得知有大蟲在園裏，便又抬得過？却你也須看見方才當面敲開鎖來，和你兩個一同入園裏來尋。你如何這般説話！』解珍道：『伯伯，你須還我這個大蟲去解官。』毛太公道：『你這兩個好無道理！我好意請你吃酒飯，你顛倒賴我大蟲！』解寶道：『有什麽賴處！你家也現當里正，官府中也委了甘限文書，却没本事去捉，倒來就我現成。你倒將去請功，教我兄弟兩個吃限棒！』毛太公道：『你吃限棒，干我甚事！』解珍、解寶睜起眼來，便道：『你敢教我搜一搜麽？』毛太公道：『我家比你家，各有内外。你看這兩個教化頭倒來無禮！』解寶搶近廳前，尋不見，心中火起，便在廳前打將起來。解珍也就廳前搬折欄干，打將入去。毛太公叫道：『解珍、解寶白晝搶劫！』那兩個打碎了廳前椅桌，見莊上都有準備，兩個便拔步出門，指着莊上罵道：『你賴我大蟲，和你官司理會！』

解氏深機捕獲，毛家巧計牢籠。當日因爭一虎，後來引起雙龍。

那兩個正罵之間，衹見兩三匹馬投莊上來，引着一伙伴當。解珍聽得是毛太公兒子毛仲義，接着説道：『你家莊上莊客，捉過了我大蟲。你爹不討還我，顛倒要打我弟兄兩個。』毛仲義道：『這厮村人不省事，我父親必是被他們瞞過了。你兩個不要發怒，隨我到家裏，討還你便了。』解珍、解寶謝了。毛仲義叫開莊門，教他兩個進去。待得解珍、解寶入得門來，便教關上莊門，喝一聲：『下手！』兩廊下走出二三十個莊客，并恰才馬後帶來

的都是做公的。那兄弟兩個措手不及，衆人一發上，把解珍、解寶綁了。毛仲義道：『我家昨夜自射得一個大蟲，如何來白賴我的？乘勢搶擄我家財，打碎家中什物，當得何罪！解上本州，也與本州除了一害！』原來毛仲義五更時先把大蟲解上州裏去了，却帶了若干做公的來捉解珍、解寶。不想他這兩個不識局面，正中了他的計策，分説不得。毛太公教把他兩個使的鋼叉并一包贓物，扛抬了許多打碎的家火什物，將解珍、解寶剥得赤條條地，背剪綁了，解上州裏來。本州有個六案孔目，姓王名正，却是毛太公的女婿，已自先去知府面前禀説了。才把解珍、解寶押到廳前，不由分説，捆翻便打，定要他兩個招做『混賴大蟲，各執鋼叉，因而搶擄財物』。解珍、解寶吃拷不過，衹得依他招了。知府教取兩面二十五斤的死囚枷來枷了，釘下大牢裏去。毛太公、毛仲義自回莊上商議道：『這兩個男女却放他不得！不若一發結果了他，免致後患。』當時子父二人自來州裏，分付孔目王正：『與我一發斬草除根，萌芽不發。我這裏自行與知府的打關節。』

却説解珍、解寶押到死囚牢裏，引至亭心上來見這個節級。爲頭的那人姓包名吉，已自得了毛太公銀兩并聽信王孔目之言，教對付他兩個性命。便來亭心裏坐下。小牢子對他兩個説道：『快過來跪在亭子前！』包節級喝道：『你兩個便是什麽兩頭蛇、雙尾蠍，是你麽？』解珍道：『雖然别人叫小人們這等混名，實不曾陷害良善。』包節級喝道：『你這兩個畜生！今番我手裏教你兩頭蛇做一頭蛇，雙尾蠍做單尾蠍！且與我押入大牢裏去！』

那一個小牢子把他兩個帶在牢裏來。見没人，那小節級便道：『你兩個認得我麽？我是你哥哥的妻舅。』解珍道：『我衹親弟兄兩個，别無那個哥哥。』那小牢子道：『你兩個須是孫提轄的兄弟？』解珍道：『孫提轄是我姑舅哥哥。我却不曾與你相會，足下莫非是樂和舅？』那小節級道：『正是。我姓樂名和，祖貫茅州人氏。先祖挈家到此，將姐姐嫁與孫提轄爲妻。我自在此州裏勾當，做小牢子。人見我唱得好，都叫我做鐵叫子樂和。姐夫見我好武藝，教我學了幾路槍法在身。』怎見得？有詩爲證：

玲瓏心地衣冠整，俊俏肝腸話語清。能唱人稱鐵叫子，樂和聰慧是天生。

原來這樂和是個聰明伶俐的人，諸般樂品盡皆曉得，學着便會。作事見頭知尾。說起槍棒武藝，如糖似蜜價愛。爲見解珍、解寶是個好漢，有心要救他，祇是單絲不成綫，孤掌豈能鳴，祇報得他一個信。樂和說道：『好教你兩個得知，如今包節級得受了毛太公錢財，必然要害你兩個性命。你兩個却是怎生好？』解珍道：『你不說起孫提轄則休，你既說起他來，祇央你寄一個信。』樂和道：『你却教我寄信與誰？』解珍道：『我有個房分姐姐，是我爺面上的，却與孫提轄兄弟爲妻，見在東門外十里牌住。原來是我姑娘的女兒，叫做母大蟲顧大嫂，開張酒店。家裏又殺牛開賭。我那姐姐有三二十人近他不得。姐夫孫新這等本事也輸與他。祇有那個姐姐和我弟兄兩個最好。孫新、孫立的姑娘，却是我母親。以此他兩個又是我姑舅哥哥。央煩的你暗暗地寄個信與他，把我的事說知，姐姐必然自來救我。』

樂和聽罷，分付說：『賢親，你兩個且寬心着。』先去藏些燒餅肉食來牢裏，開了門，把與解珍、解寶吃了。推了事故，鎖了牢門，教別個小節級看守了門，一徑奔到東門外，望十里牌來。早望見一個酒店，門前懸挂着牛羊等肉，後面屋下，一簇人在那裏賭博。樂和見酒店裏一個婦人坐在櫃上。用眼看時，生得如何？但見：

眉粗眼大，胖面肥腰。插一頭异樣釵環，露兩臂時興釧鐲。紅裙六幅，渾如五月榴花；翠領數層，染就三春楊柳。有時怒起，提井欄便打老公頭；忽地心焦，拿石碓敲翻莊客腿。生來不會拈針綫，正是山中母大蟲。

樂和入進店內，看着顧大嫂唱個喏道：『此間姓孫麼？』顧大嫂慌忙答道：『便是。足下却要沽酒？却要買肉？如要賭錢，後面請坐。』樂和道：『小人便是孫提轄妻弟樂和的便是。』顧大嫂笑道：『原來却是樂和舅，數年不曾拜會。尊顏和姆姆一般模樣。舅舅且請裏面拜茶。』樂和跟進裏面客位裏坐下。顧大嫂便動問道：『聞知得舅舅在州裏勾當，家下窮忙少閑，不曾相會。今日甚風吹得到此？』樂和答道：『小人無事也不敢來相惱，今日廳上偶然發下兩個

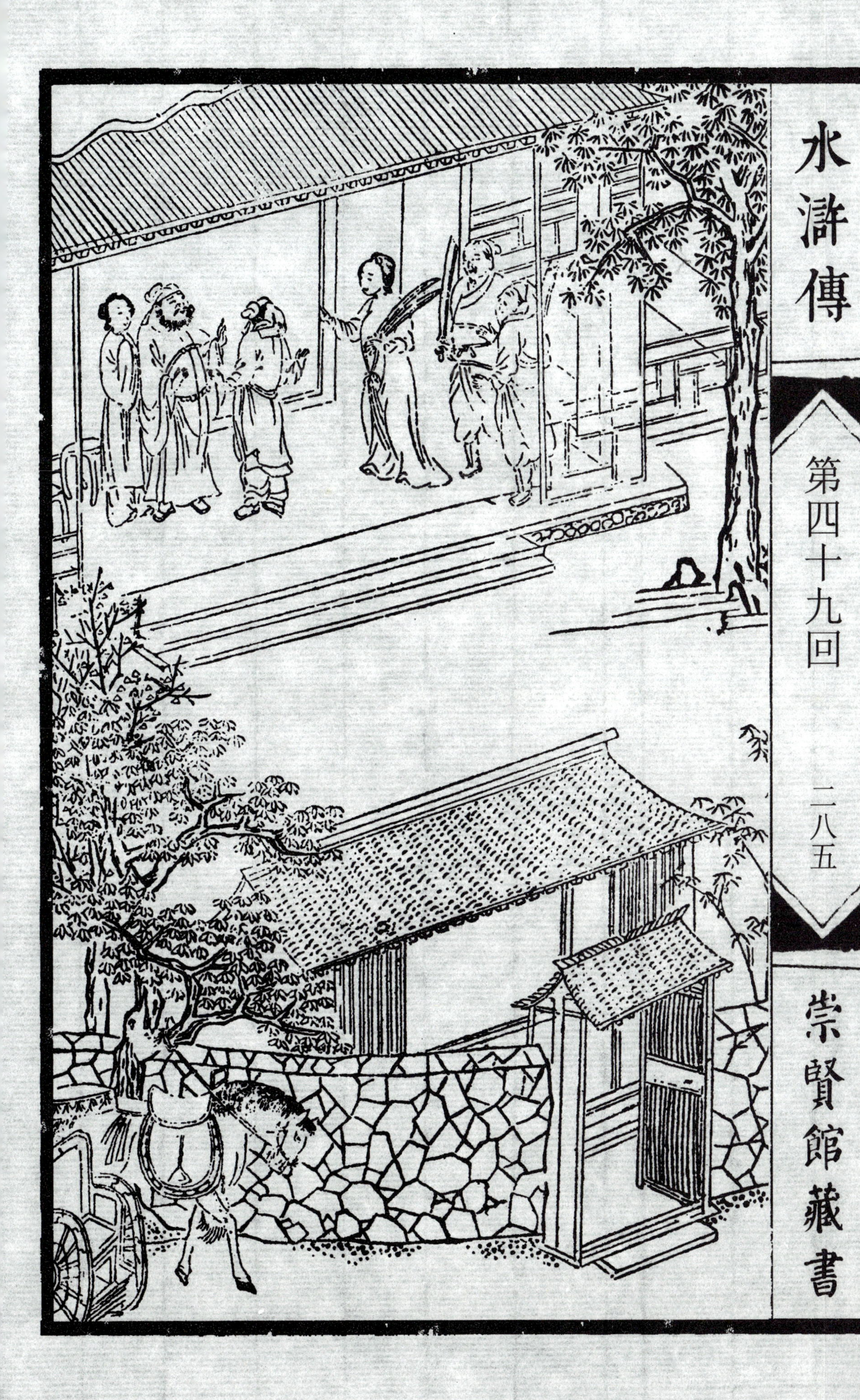

罪人進來，雖不曾相會，多聞他的大名。一個是兩頭蛇解珍，一個是雙尾蝎解寶。』顧大嫂道：『這兩個是我的兄弟，不知因甚罪犯下在牢裏？』樂和道：『他兩個因射得一個大蟲，被本鄉一個財主毛太公賴了，又把他兩個强扭做賊，搶擄家財，解入州裏來。他又上上下下都使了錢物，早晚間要教包節級牢裏做翻他兩個，結果了性命。小人路見不平，獨力難救。衹想一者沾親，二乃義氣爲重，特地與他通個消息。他說道，衹除是姐姐便救得他。若不早早用心着力，難以救拔。』

顧大嫂聽罷，一片聲叫起苦來，便叫火家：『快去尋得二哥家來説話！』這幾個火家去不多時，尋得孫新歸來，與樂和相見。怎見得孫新的好處？有詩爲證：

軍班才俊子，眉目有神威。鞭起烏龍見，槍來玉蟒飛。
胸藏鴻鵠志，家有虎狼妻。到處人欽敬，孫新小尉遲。

原來這孫新，祖是瓊州人氏，軍官子孫。因調來登州駐扎，弟兄就此爲家。孫新生得身長力壯，全學得他哥哥的本事，使得幾路好鞭槍。因此多人把他弟兄兩個比尉遲恭，叫他做小尉遲。有顧大嫂把上件事對孫新説了。孫新道：『既然如此，叫舅舅先回去。他兩個已下在牢裏，全望舅舅看覷則個。我夫妻商量個長便道理，却徑來相投舅舅。』樂和道：『但有用着小人處，盡可出力而行，當得向前。』顧大嫂置酒相待已了，將出一包金銀，付與樂和：『望煩舅舅將去牢裏散與衆人并小牢子們，好生周全他兩個弟兄。』樂和謝了，收了銀兩，自回牢裏來，替他使用。不在話下。

且説顧大嫂和孫新商議道：『你有什麼道理，救我兩個兄弟？』孫新道：『毛太公那厮，有錢有勢。他防你兩個兄弟出來，須不肯干休，定要做翻了他兩個，似此必然死在他手。若不去劫牢，别樣也救他不得。』顧大嫂道：『我和你今夜便去。』孫新笑道：『你好粗鹵！我和你也要算個長便，劫了牢也要個去向。若不得我那哥哥和這兩個人時，行不得這件事。』顧大嫂道：『這兩個是誰？』孫新道：『便是那叔侄兩個最好賭的鄒淵、鄒潤，如今現在登雲山谷峪裏聚衆打劫，他和我最好。若得他兩個相幫助，此事便成。』顧大嫂道：『登雲山離這裏不遠，你可連夜去請他叔侄兩個來商議。』孫新道：『我如今便去。你可收拾下酒食肴饌，我去定請得來。』顧大嫂分付火家，宰了一口猪，鋪下數般果品按酒，排下桌子。

天色黄昏時候，衹見孫新引了兩籌好漢歸來。那個爲頭的姓鄒名淵，原是萊州人氏。自小最好賭錢，閑漢出身，爲人忠良慷慨，更兼一身好武藝，氣性高强，不肯容人，江湖上唤他綽號出林龍。怎見得？有詩爲證：

平生度量寬如海，百萬呼盧一笑中。會使折腰飛虎棒，鄒淵名號出林龍。

第二個好漢名唤鄒潤，是他侄兒，年紀與叔叔仿佛，二人争差不多。身材長大，天生一等异相，腦後一個肉瘤，以此人都做綽號獨角龍。那鄒潤往常但和人争鬧，性起來，一頭撞去。忽然一日，一頭撞折了澗邊一株松樹。看的人都驚呆了。怎見得？有詩爲證：

腦後天生瘤一個，少年撞折澗邊松。大頭長漢名鄒潤，壯士人稱獨角龍。

當時顧大嫂見了，請入後面屋下坐地。却把上件事告訴與他説了，商量劫牢一節。鄒淵道：『我那裏雖有八九十人，衹有二十來個心腹的。明日幹了這件事，便是這裏安身不得了。我却有個去處，我也有心要去多時。衹不知你夫婦二人肯去麼？』顧大嫂道：『遮莫什麼去處，都隨你去，衹要救了我兩個兄弟。』鄒淵道：『如今梁山泊十分興旺，宋公明大肯招賢納士。他手下現有我的三個相識在彼：一個是錦豹子楊林，一個是火眼狻猊鄧飛，一個是石將軍石勇。都在那裏入伙了多時。我們救了你兩個兄弟，都一發上梁山泊投奔入伙去，如何？』顧大嫂道：『最好。有一個不去的我便亂槍戳死他！』鄒潤道：『還有一件。我們倘或得了人，誠恐登州有些軍馬追來，如之奈何？』孫新道：『我的親哥哥現做本州兵馬提轄。如今登州衹有他一個了得，幾番草寇臨城，都是他殺散了，到處聞名。我明日自去請他來，要他依允便了。』鄒淵道：『祇怕他不肯落草。』孫新說道：『我自有良法。』

當吃了半夜酒。歇到天明，留下兩個好漢在家裏，却使一個火家，帶領了一兩個人，推一輛車子：『快走城中營裏請我哥哥孫提轄并嫂嫂樂大娘子，說道：「家中大嫂害病沉重，便煩來家看覷。」』顧大嫂又分付火家道：『祇說我病重臨危，有幾句緊要的話，須是便來，祇有一番相見囑付。』火家推車兒去了。孫新專在門前伺候，等接哥哥。飯罷時分，遠遠望見車兒來了，載着樂大娘子，背後孫提轄騎着馬，十數個軍漢跟着，望十里牌來。孫新入去報與顧大嫂得知，說：『哥嫂來了。』顧大嫂分付道：『祇依我如此行。』孫新出來，接見哥嫂，『且請嫂嫂下了車兒，同到房裏看視弟媳婦病癥。』

孫提轄下了馬，入門來，端的好條大漢。淡黄面皮，落腮胡鬚，八尺以上身材，姓孫名立，綽號病尉遲，射得硬弓，騎得劣馬，使一管長槍，腕上懸一條虎眼竹節鋼鞭，海邊人見了，望風而降。怎見得？有詩爲證：

胡鬚黑霧飄，性格流星急。鞭槍最熟慣，弓箭常温習。
闊臉似妝金，雙睛如點漆。軍中顯姓名，病尉遲孫立。

當下病尉遲孫立下馬來，進得門，便問道：『兄弟，嬸子害什麼病？』孫新答道：『他害得癥候，病得蹺蹊。請哥哥到裏面說話。』孫立便入來。孫新分付火家着這伙跟馬的軍士去對門店裏吃酒。便教火家牽過馬，請孫立入到裏面來坐下。良久，孫新道：『請哥哥嫂嫂去房裏看病。』孫立同樂大娘子入進房裏，見沒有病人。孫立問道：『嬸子病在那裏房內？』祇見外面走入顧大嫂來，鄒淵、鄒潤跟在背後。孫立道：『嬸子，你正是害什麼病？』顧大嫂道：『伯伯，拜了！我害些救兄弟的病！』孫立道：『却又作怪！救什麼兄弟？』顧大嫂道：『伯伯，你不要推聾妝啞！你在城中豈不知道他兩個是我兄弟？偏不是你的兄弟？』孫立道：『我并不知因由。是那兩個兄弟？』

顧大嫂道：『伯伯在上，今日事急，祇得直言拜稟。這解珍、解寶被登雲山下毛太公與同王孔目設計陷害，早晚要謀他兩個性命。我如今和這兩個好漢商量已定，要去城中劫牢，救出他兩個兄弟，都投梁山泊入伙去。恐怕明日事發，先負累伯伯，因此我祇推患病，請伯伯姆姆到此，說個長便。若是伯伯不肯去時，我們自去上梁山泊去了。如今朝廷有甚分曉，走了的倒没事，見在的便吃官司！常言道：近火先焦。伯伯便替我們吃官司坐牢，那時又没人送飯來救你。伯伯尊意若何？』孫立道：『我却是登州的軍官，怎地敢做這等事？』顧大嫂道：『既是伯伯不肯，我們今日先和伯伯并個你死我活！』顧大嫂身邊便掣出兩把刀來。鄒淵、鄒潤各拔出短刀在手。孫立叫道：『嬸子且住！休要急速，待我從長計較，慢慢地商量。』樂大娘子驚得半晌做聲不得。顧大嫂又道：『既是伯伯不肯去時，即便先送姆姆前行，我們自去下手。』孫立道：『雖要如此行時，也待我歸家去收拾包裹行李，看個虛實，方可行事。』顧大嫂道：『伯伯，你的樂阿舅透風與我們了！一就去劫牢，一就去取行李不遲。』孫立嘆了一口氣，說道：『你衆人既是如此行了，我怎地推却得開，不成日後倒要替你們吃官司。罷，罷，罷！都做一處商議了行。』先叫鄒淵去登雲山寨裏，收拾起財物人馬，帶了那二十個心腹的人來店裏取齊。鄒淵去了。又使孫新入城裏來，問樂和討信，就約會了，暗通消息解珍、解寶得知。

次日，登雲山寨裏鄒淵收拾金銀已了，自和那起人到來相助。孫新家裏也有七八個知心腹的火家，并孫立帶來的十數個軍漢，共有四十餘人。孫新宰了兩個猪，一腔羊，衆人盡吃了一飽。教顧大嫂貼肉藏了尖刀，扮做個送飯的婦人先去。孫新跟着孫立，鄒淵領了鄒潤，各帶了火家，分作兩路入去。正是：

捉虎翻成縱虎灾，贜官污吏巧安排。
樂和不去通關節，怎得牢城鐵瓮開。

且說登州府牢裏包節級得了毛太公錢物，衹要陷害解珍、解寶的性命。當日樂和拿着水火棍正立在牢門裏獅子口邊，衹聽得拽鈴子響。樂和道：『什麽人？』顧大嫂應道：『送飯的婦人。』樂和已自瞧科了，便來開門，放顧大嫂入來，再關了門，將過廊下去。包節級正在亭心坐着看見，便喝道：『這婦人是什麽人？敢進牢裏來送飯！自古獄不通風。』樂和道：『這是解珍、解寶的姐姐，自來送飯。』包節級喝道：『休要教他入去！你們自與他送進去便了。』樂和討了飯，却來開了牢門，把與他兩個。解珍、解寶問道：『舅舅，夜來所言的事如何？』樂和道：『你姐姐入來了，衹等前後相應。』樂和便把匣床與他兩個開了。衹聽得小牢子入來報道：『孫提轄敲門，要走入來。』包節級道：『他自是軍官，來我牢裏有何事幹？休要開門！』顧大嫂一踅，踅下亭心邊去。外面又叫道：『孫提轄焦躁了打門。』包節級忿怒，便下亭心來。顧大嫂大叫一聲：『我的兄弟在那裏？』身邊便掣出兩把明晃晃尖刀來。包節級見不是頭，望亭心外便走。解珍、解寶提起枷從牢眼裏鑽將出來，正迎着包節級。包節級措手不及，被解寶一枷梢打重，把腦蓋劈得粉碎。當時顧大嫂手起，早戳翻了三五個小牢子，一齊發喊，從牢裏打將出來。孫立、孫新兩個把住牢門，見四個從牢裏出來，一發望州衙前便走。鄒淵、鄒潤早從州衙裏提出王孔目頭來。街市上大喊起，行步的人先奔出城去。孫提轄騎着馬，彎着弓，搭着箭，壓在後面。街上人家都關上門，不敢出來。州裏做公的人認得是孫提轄，誰敢向前攔當。衆人簇擁着孫立奔出城門去，一直望十里牌來，扶攙樂大娘子上了車兒，顧大嫂上了馬，幫着便行。

解珍、解寶對衆人道：『叵耐毛太公老賊冤家，如何不報了去！』孫立道：『說得是。』便令：『兄弟孫新與舅舅樂和，先護持車兒前行着，我們隨後趕來。』孫新、樂和簇擁着車兒先行去了。孫立引着解珍、解寶、鄒淵、鄒潤并火家伴當，一徑奔毛太公莊上來，正值毛仲義與太公在莊上慶壽飲酒，却不提備。一伙好漢吶聲喊，殺將入去，就把毛太公、毛仲義并一門老小盡皆殺了，不留一個。去卧房裏搜檢得十數包金銀財寶，後院裏牽得七八匹好馬，把四匹捎帶馱載。解珍、解寶揀幾件好的衣服穿了，將莊院一把火齊放起燒了。各人上馬，帶了一行人，趕不到三十里路，早趕上車仗人馬，一處上路行程。于路莊户人家又奪得三五匹好馬，一行星夜奔上梁山泊去。

不一二日，來到石勇酒店裏。那鄒淵與他相見了，問起楊林、鄧飛二人。石勇答言說起：『宋公明去打祝家莊，二人都跟去，兩次失利。聽得報來說，楊林、鄧飛俱被陷在那裏，不知如何？備聞祝家莊三子豪杰，又有教師鐵棒欒廷玉相助，因此二次打不破那莊。』孫立聽罷，大笑道：『我等衆人來投大寨入伙，正没半分功勞。獻此一條計策，打破祝家莊，爲進身之報，如何？』石勇大喜道：『願聞良策。』孫立道：『欒廷玉那厮，和我是一個師父教的武藝。我學的槍刀，他也知道。他學的武藝，我也盡知。我們今日衹做登州對調來鄆州守把，經過來此相望，他必然出來迎接。我們進身入去，裏應外合，必成大事。此計如何？』正與石勇說計未了，衹見小校報道：『吴學究下山來，前往祝家莊救應去。』石勇聽得，便叫小校快去報知軍師，請來這裏相見。說猶未了，已有軍馬來到店前，乃是吕方、郭盛并阮氏三雄，隨後軍師吴用帶領五百人馬到來。石勇接入店内，引着這一行人都相見了，備說投托入伙獻計一節。吴用聽了大喜，說道：『既然衆位好漢肯作成山寨，且休上山，便煩請往祝家莊行此一事，成全這段功勞如何？』孫立等衆人皆喜，一齊都依允了。吴用道：『小生今去也。如此見陣，我人馬前行，衆位好漢隨後一發便來。』

吴學究商議已了，先來宋江寨中，見宋公明眉頭不展，面帶憂容。吴用置酒與宋江解悶，備說起：『石勇、楊林、鄧飛三個的一起相識，是登州兵馬提轄病尉遲孫立，和這祝家莊教師欒廷玉是一個師父教的。今來共有八人，投托大寨入伙。特獻這條計策，以爲進身之報。今已計較定了，裏應外合，如此行事。隨後便來參見兄長。』宋江聽說罷，大喜，把愁悶都撇在九霄雲外，忙叫寨内置酒，安排筵席等來相待。

却說孫立教自己的伴當人等跟着車仗人馬投一處歇下，衹帶了解珍、解寶、鄒淵、鄒潤、孫新、顧大嫂、樂和，共是八人，來參宋江。都講禮已畢，宋江置酒設席管待，不在話下。吳學究暗傳號令與衆人，教第三日如此行，第五日如此行。分付已了，孫立等衆人領了計策，一行人自來和車仗人馬投祝家莊進身行事。

再説吳學究道：『啓動戴院長到山寨裏走一遭，快與我取將這四個頭領來，我自有用他處。』不是教戴宗連夜來取這四個人來，有分教：打破了祝家莊，壯觀得梁山泊。

畢竟軍師吳學究取那四個人來，且聽下回分解。

第五十回 吳學究雙掌連環計 宋公明三打祝家莊

三打祝家，變出三樣奇格，知其才大如海，而我之所尤爲嘆賞者，如寫欒廷玉竟無下落。嗚呼，豈不怪哉！夫開莊門，放吊橋，三祝一欒一齊出馬，明明在紙，我得而讀之也，如之何三祝有殺之人，廷玉無死之地，從此一别，杳然無迹，而僅據宋江一聲嘆惜，遂必斷之爲死也？吾聞昔者英雄，知可爲則爲之，知不可爲則瞥然飈去。譬如鷹隼擊物不中，而高飛遠引深自滅迹者，如是等輩往往而有，即又惡知廷玉之不出此？如是則廷玉當亦未死。然吾觀扈成得脱，終成大將，名在中興，不可滅没，彼豈真出廷玉上哉！而顯著若此，彼廷玉非終貧賤者，而獨不爲更出一筆，然則其死是役，信無疑也。所可异者，獨爲當日宋江之軍，林沖、李俊、阮二在東，花榮、張横、張順在西，穆弘、楊雄、李逵在南，而廷玉當先出馬，乃獨衝走正北。夫不取有將之三面，而獨取無將之一面，存此一句之疑，誠不能無未死之議。然吾獨謂三鼓一炮之際，四馬勢如嵎虎，使此時廷玉早有所見，力猶可以疾按三祝全軍不動，其如之何而僅以身遁，計出至下乎？此又其必死之明驗也。曰：然則獨走正北無將之一面者，何也？曰：正北非無將之面也。宋江軍馬四面齊起，而不書正北，當是爲廷玉諱也。蓋爲書之則必詳之，詳之而廷玉刀不缺，槍不折，鼓不衰，箭不竭，即廷玉不至于死。廷玉而終亦至于必死，則其刀缺、槍折、鼓衰、箭竭之狀，有不可言者矣。《春秋》爲賢者諱，故缺之而不書也。曰：其并不書正北領軍頭領之名，何也？曰：爲殺廷玉則惡之也。嗚呼，一欒廷玉死，而用筆之難至于如此，誰謂稗史易作，稗史易讀乎耶？

史進尋王教頭，到底尋不見，吾讀之胸前彌月不快。又見張青店中麻殺一頭陀，竟不知何人，吾又胸前彌月不快。至此忽然又失一欒廷玉下落，吾胸前又將不快彌月也。豈不知耐庵專故作此鶻突之筆，以使人氣悶。然我今日若使看破寓言，更不氣悶，便是辜負耐庵，故不忍出此也。

第二連環計，何其輕便簡净之極！三打祝家一篇累墜文字後，不可無此捷如風、明如玉之筆以揮灑之。

話說當時軍師吳用啓煩戴宗道：『賢弟可與我回山寨去取鐵面孔目裴宣，聖手書生蕭讓，通臂猿侯健，玉臂匠金大堅。可教此四人帶了如此行頭，連夜下山來，我自有用他處。』戴宗去了。

衹見寨外軍士來報：『西村扈家莊上扈成，牽牛擔酒，特來求見。』宋江叫請入來。扈成來到中軍帳前，再拜懇告道：『小妹一時粗鹵，年幼不省人事，誤犯威顏。今者被擒，望乞將軍寬恕。奈緣小妹原許祝家莊上，小妹不合奮一時之勇，陷于縲紲。如蒙將軍饒放，但用之物，當依命拜奉。』宋江道：『且請坐說話。祝家莊那廝好生無禮，平白欺負俺山寨，因此行兵報仇，須與你扈家無冤。衹是令妹引人捉了我王矮虎，因此還禮，拿了令妹。你把王矮虎放回還我，我便把令妹還你。』扈成答道：『不期已被祝家莊拿了這個好漢去。』吳學究便道：『我這王矮虎今在何處？』扈成道：『如今擒鎖在祝家莊上，小人怎敢去取？』宋江道：『你不去取得王矮虎來還我，如何能夠得你令妹回去？』吳學究道：『兄長休如此說。衹依小生一言，今後早晚祝家莊上但有些響亮，你的莊上切不可令人來救護。倘或祝家莊上有人投奔你處，你可就縛在彼。若是捉下得人時，那時送還令妹到貴莊。衹是如今不在本寨，前日已使人送上山寨，奉養在宋太公處。你且放心回去，我這裏自有個道理。』扈成道：『今番斷然不敢去救應他。若是他莊上果有人來投我時，定縛來奉獻將軍麾下。』宋江道：『你若是如此，便强似送我金帛。』扈成拜謝了去。

且說孫立却把旗號上改换作『登州兵馬提轄孫立』，領了一行人馬，都來到祝家莊後門前。莊上墻裏望見是登州旗號，報入莊裏去。欒廷玉聽得是登州孫提轄到來相望，說與祝氏三杰道：『這孫提轄是我弟兄，自幼與他同師學藝。今日不知如何到此？』帶了二十餘人馬，開了莊門，放下吊橋，出來迎接。孫立一行人都下了馬。衆人講禮已罷，欒廷玉問道：『賢弟在登州守把，如何到此？』孫立答道：『總兵府行下文書，對調我來此間鄆州守把城池，提防梁山泊强寇。便道經過，聞知仁兄在此祝家莊，特來相探。本待從前門來，因見村口莊前俱屯下許多軍馬，不敢過來，特地尋覓村裏，從小路問道莊後，入來拜望仁兄。』欒廷玉道：『便是這幾時連日與梁山泊强寇厮殺，已拿得他幾個頭領在莊裏了。衹要捉了宋江賊首，一并解官。天幸今得賢弟來此間鎮守，正如錦上添花，旱苗得雨。』孫立笑道：『小弟不才，且看相助捉拿這厮們，成全兄長之功。』欒廷玉大喜。當下都引一行人進莊裏來，再拽起了吊橋，關上了莊門。孫立一行人安頓車仗人馬，更换衣裳，都出前廳來相見。祝朝奉與祝龍、祝虎、祝彪三杰都相見了。

一家兒都在廳前相接，欒廷玉引孫立等上到廳上相見。講禮已罷，便對祝朝奉說道：『我這個賢弟孫立，綽號病尉遲，任登州兵馬提轄。今奉總兵府對調他來鎮守此間鄆州。』祝朝奉道：『老夫亦是治下。』孫立道：『卑小之職，何足道哉。早晚也要望朝奉提携指教。』祝氏三杰相請衆位尊坐。孫立動問道：『連日相殺，征陣勞神。』祝龍答道：『也未見勝敗。衆位尊兄鞍馬勞神不易。』孫立便叫顧大嫂引了樂大娘子叔伯姆兩個，去後堂拜見宅眷。唤過孫新、解珍、解寶參見了，說道：『這三個是我兄弟。』指着樂和便道：『這位是此間鄆州差來取的公吏。』指着鄒淵、鄒潤道：『這兩個是登州送來的軍官。』祝朝奉并三子雖是聰明，却見他又有老小并許多行李車仗人馬，又是欒廷玉教師的兄弟，那裏有疑心。衹顧殺牛宰馬，做筵席管待衆人，且飲酒食。

過了一兩日，到第三日，莊兵報道：『宋江又調軍馬殺奔莊上來了。』祝彪道：『我自去上馬拿此賊。』便出莊門，放下吊橋，引一百餘騎馬軍殺將出來。早迎見一彪軍馬，約有五百來人，當先擁出那個頭領，彎弓插箭，拍馬輪槍，乃是小李廣花榮。祝彪見了，躍馬挺槍，向前來門。花榮也縱馬來戰祝彪。兩個在獨龍岡前，約門了十數合，不分勝敗。花榮賣了個破綻，撥回馬便走，引他趕來。祝彪正待要縱馬追去，背後有認得的說道：『將軍休要去趕，恐防暗器，此人深好弓箭。』祝彪聽罷，便勒轉馬來不趕，領回人馬，投莊上來，拽起吊橋。看花榮時，也引軍馬回去了。祝彪直到廳前下馬，進後堂來飲酒。孫立動問道：『小將軍今日拿得甚賊？』祝彪道：『這厮們伙裏有個什麼小李廣花榮，槍法好生了得。鬥了五十餘合，那廝走了。我却待要趕去追他，軍人們道那廝好弓箭，因此各自收兵回來。』孫立道：『來日看小弟不才，拿他幾個。』當日筵席上叫樂和唱曲，衆人皆喜。

至晚席散，又歇了一夜。到第四日午牌，忽有莊兵報道：『宋江軍馬又來在莊前了。』當下祝龍、祝虎、祝彪三子都披挂了，出到莊前門外，遠遠地望見，早聽得鳴鑼擂鼓，吶喊搖旗，對面早擺成陣勢。這裏祝朝奉坐在莊門上，左邊欒廷玉，右邊孫提轄，祝家三杰并孫立帶來的許多人伴，都擺在兩邊。早見宋江陣上豹子頭林沖高聲叫駡。祝龍焦躁，喝叫放下吊橋，綽槍上馬，引一二百人馬，大喊一聲，直奔林沖陣上。莊門下擂起鼓來。兩邊各把弓弩射住陣脚。林沖挺起丈八蛇矛，和祝龍交戰，連鬥到三十餘合，不分勝敗。兩邊鳴鑼，各回了馬。祝虎大怒，提刀上馬，跑到陣前高聲大叫：『宋江決戰！』說言未了，宋江陣上早有一將出馬，乃是没遮攔穆弘，來戰祝虎。兩個鬥了三十餘合，又没勝敗。祝彪見了大怒，便綽槍飛身上馬，引二百餘騎奔到陣前。宋江隊裏病關索楊雄，一騎馬，一條槍，飛搶出來戰祝彪。

孫立看見兩隊兒在陣前厮殺，心中忍耐不住，便喚孫新：『取我的鞭槍來，就將我的衣甲頭盔袍襖把來。』披挂了，牽過自己馬來，這騎馬號烏騅馬，備上鞍子，扣了三條肚帶，腕上懸了虎眼鋼鞭，綽槍上馬。祝家莊上一聲鑼響，孫立出馬在陣前。宋江陣上林沖、穆弘、楊雄都勒住馬，立于陣前。孫立早跑馬出來，說道：『看小可捉這厮們。』孫立把馬兜住，喝問道：『你那賊兵陣上有好厮殺的，出來與我決戰！』宋江陣内鸞鈴響處，一騎馬跑將出來，衆人看時，乃是拼命三郎石秀，來戰孫立。兩馬相交，雙槍并舉，四條臂膊縱横，八隻馬蹄撩亂。兩個鬥到五十合，孫立賣個破綻，讓石秀一槍搠入來，虚閃一個過，把石秀輕輕的從馬上捉過來，直挾到莊前撇下，喝道：『把來縛了！』祝家三子把宋江軍馬一攪，都趕散了。三子收軍，回到門樓下，見了孫立，衆皆拱手欽伏。孫立便問道：『共是捉得幾個賊人？』祝朝奉道：『起初先捉得一個時遷，次後拿得一個細作楊林，又捉得一個黄信。扈家莊一丈青捉得一個王矮虎。陣上拿得兩個，秦明、鄧飛。今番將軍又捉得這個石秀，這厮正是燒了我店屋的。共是七個了。』孫立道：『一個也不要壞他，快做七輛囚車裝了，與些酒飯，將養身體，休教餓損了他，不好看。他日拿了宋江，一并解上東京去，教天下傳名，說這個祝家莊三子。』祝朝奉謝道：『多幸得提轄相助，想是這梁山泊當滅也。』邀請孫立到後堂筵宴。石秀自把囚車裝了。看官聽說：石秀的武藝不低似孫立，要賺祝家莊人，故意教孫立捉了，使他莊上人一發信他。孫立又暗暗地使鄒淵、鄒潤、樂和去後房裏把門户都看了出入的路數。楊林、鄧飛見了鄒淵、鄒潤，心中暗喜。樂和張看得没人，便透個消息與衆人知了。顧大嫂與樂大娘子在裏面，已看了房户出入的門徑。

至第五日，孫立等衆人都在莊上閑行。當日辰牌時候，早飯已罷，祗見莊兵報道：『今日宋江分兵做四路來打本莊。』孫立道：『分十路待怎地！你手下人且不要慌，早作準備便了。先安排些撓鈎套索，須要活捉，拿死的也不算！』莊上人都披挂了。祝朝奉親自也引着一班兒上門樓來看時，見正東上一彪人馬，當先一個頭領乃是豹子頭林沖，背後便是李俊、阮小二，約有五百以上人馬在此。正西上又有五百來人馬，當先一個頭領乃是小李廣花榮，隨背後是張横、張順。正南門樓上望時，也有五百來人馬，當先三個頭領乃是没遮攔穆弘，病關索楊雄，黑旋風李逵。四面都是兵馬。戰鼓齊鳴，喊聲大舉。欒廷玉聽了道：『今日這厮們厮殺，不可輕敵。我引了一隊人馬出後門殺這正西北上的人馬。』祝龍道：『我出前門殺這正東上的人馬賊兵。』祝虎道：『我也出後門殺那正南上的人馬。』祝彪道：『我也出前門捉宋江，是要緊的賊首。』祝朝奉大喜，都賞了酒。各人上馬，盡帶了三百餘騎奔出莊門。其餘的都守莊院，門樓前吶喊。此時鄒淵、鄒潤已藏了大斧，祗守在監門左側。解珍、解寶藏了暗器，不離後門。孫新、樂和已守定前門左右。顧大嫂先撥人兵保護樂大娘子，却自拿了兩把雙刀在堂前踅。祗聽風聲，便乃下手。

且說祝家莊上擂了三通戰鼓，放了一個炮，把前後門都開，放了吊橋，一齊殺將出來。四路軍兵出了門，四

下裏分投去廝殺。臨後孫立帶了十數個軍兵，立在吊橋上。門裏孫新便把原帶來的旗號插起在門樓上。樂和便提着槍直唱將入來。鄒淵、鄒潤聽得樂和唱，便唿哨了幾聲，輪動大斧，早把守監房的莊兵砍翻了數十個，便開了陷車，放出七個大蟲來，各各尋了器械，一聲喊起。顧大嫂掣出兩把刀，直奔入房裏，把應有婦人，一刀一個盡都殺了。祝朝奉見頭勢不好了，却待要投井時，早被石秀一刀剁翻，割了首級。那十數個好漢分投來殺莊兵。後門頭解珍、解寶便去馬草堆裏放起把火，黑焰衝天而起。

四路人馬見莊上火起，并力向前。祝虎見莊裏火起，先奔回來。孫立守在吊橋上，大喝一聲：『你那廝那裏去！』攔住吊橋。祝虎省口，便撥轉馬頭，再奔宋江陣上來。這裏呂方、郭盛，兩戟齊舉，早把祝虎和人連馬搠翻在地，衆軍亂上，剁做肉泥。前軍四散奔走。孫立、孫新迎接宋公明入莊。且說東路祝龍鬥林沖不住，飛馬望莊後而來。到得吊橋邊，見後門頭解珍、解寶把莊客的尸首一個個攛將下來。火焰裏祝龍急回馬望北而走，猛然撞着黑旋風，踴身便到，輪動雙斧，早砍翻馬脚。祝龍措手不及，倒撞下來，被李逵祇一斧，把頭劈翻在地。祝彪見莊兵走來報知，不敢回，直望扈家莊投奔，被扈成叫莊客捉了，綁縛下。正解將來見宋江，恰好遇着李逵，祇一斧，砍翻祝彪頭來。莊客都四散走了。李逵再輪起雙斧，便看着扈成砍來。扈成見局面不好，拍馬落荒而走，弃家逃命，投延安府去了。後來中興内也做了個軍官武將。且說李逵正殺得手順，直搶入扈家莊裏，把扈太公一門老幼盡數殺了，不留一個。叫小嘍囉牽了有的馬匹，把莊裏一應有的財賦，捎搭有四五十馱，將莊院門一把火燒了，却回來獻納。

再說宋江已在祝家莊上正廳坐下，衆頭領都來獻功，生擒得四五百人，奪得好馬五百餘匹，活捉牛羊不記其數。宋江看了，大喜道：『祇可惜殺了樂廷玉那個好漢。』正嗟嘆間，聞人報道：『黑旋風燒了扈家莊，砍得頭來獻納。』宋江便道：『前日扈成已來投降，誰教他殺了此人？如何燒了他莊院？』祇見黑旋風一身血污，腰裏插着兩把板斧，直到宋江面前唱個大喏，說道：『祝龍是兄弟殺了，祝彪也是兄弟砍了，扈成那廝走了，扈太公一家都殺得乾乾淨淨，兄弟特來請功。』宋江喝道：『祝龍曾有人見你殺了，別的怎地是你殺了？』黑旋風道：『我砍得手順，望扈家莊趕去，正撞見一丈青的哥哥解那祝彪出來，被我一斧砍了。祇可惜走了扈成那廝。他家莊上被我殺得一個也沒了。』宋江喝道：『你這廝！誰叫你去來！你也須知扈成前日牽牛擔酒前來投降了，如何不聽得我的言語，擅自去殺他一家，故違了我的將令！』李逵道：『你便忘記了，我須不忘記！那廝前日教那個鳥婆娘趕着哥哥要殺，你今卻又做人情。你又不曾和他妹子成親，便又思量阿舅、丈人。』宋江喝道：『你這鐵牛，休得胡說！我如何肯要這婦人？我自有個處置。你這黑廝拿得活的有幾個？』李逵答道：『誰鳥奈煩！見着活的便砍了。』宋江道：『你這廝違了我的軍令，本合斬首，且把殺祝龍、祝彪的功勞折過了。下次違令，定行不饒！』黑旋風笑道：『雖然沒了功勞，也吃我殺得快活！』

祇見軍師吳學究引着一行人馬，都到莊上來與宋江把盞賀喜。宋江與吳用商議道，要把這祝家莊村坊洗蕩了。石秀稟說起：『這鍾離老人仁德之人，指路之力，救濟大恩，也有此等善心良民在內，亦不可屈壞了這等好人。』宋江聽罷，叫石秀去尋那老人來。石秀去不多時，引着那個鍾離老人來到莊上，拜見宋江、吳學究。宋江取一包金帛賞與老人，永爲鄉民：『不是你這個老人面上有恩，把你這個村坊盡數洗蕩了，不留一家。因爲你一家爲善，以此饒了你這一境村坊人民。』那鍾離老人祇是下拜。宋江又道：『我連日在此攪擾你們百姓，今日打破了祝家莊，與你村中除害，所有各家，賜糧米一石，以表人心。』就着鍾離老人爲頭給散。一面把祝家莊多餘糧米，盡數裝載上車。金銀財賦，犒賞三軍衆將。其餘牛羊騾馬等物，將去山中支用。打破祝家莊得糧五千萬石。宋江大喜。大小頭領將軍馬收拾起身。又得若干新到頭領：孫立、孫新、解珍、解寶、鄒淵、鄒潤、樂和、顧大嫂。并救出七個好漢。孫立等將自己馬也捎帶了自己的財賦，同老小樂大娘子，跟隨了大隊軍馬上山。當有村坊鄉民扶老挈幼，香花燈燭，于路拜謝。宋江等衆將一齊上馬，將軍兵分作三隊擺開，前面鞭敲金鐙，後軍齊唱凱歌。但見：

雲開見日，霧散天清。旱苗得時雨重生，枯樹遇春風再活。一鞭喜色，如龍駿馬赴梁山；滿面笑容，似虎雄兵歸大寨。車上滿裝糧草，軍中盡是降兵。風卷旌旗，將將齊敲金鐙響；春風宇宙，人人都唱凱歌回。

話分兩頭。且說撲天雕李應恰才將息得箭瘡平復，閉門在莊上不出，暗地使人常常去探聽祝家莊消息。已知被宋江打破了，驚喜相半。祇見莊客入來報說：『有本州知府帶領三五十部漢到莊，便問祝家莊事情。』李應慌忙叫杜興開了莊門，放下吊橋，迎接入莊。李應把條白絹搭膊絡着手，出來迎迓，邀請進莊裏前廳。知府下了馬，來到廳上，居中坐了。側首坐着孔目，下面一個押番，幾個虞候，階下盡是許多節級牢子。李應拜罷，立在廳前。知府問道：『祝家莊被殺一事如何？』李應答道：『小人因被祝彪射了一箭，有傷左臂，一向閉門，不敢出去，不知其實。』知府道：『胡說！祝家莊現有狀子告你結連梁山泊強寇，引誘他軍馬打破了莊，前日又受他鞍馬羊酒，采段金銀，你如何賴得過？知情是你！』李應告道：『小人是知法度的人，如何敢受他的東西。』知府道：『難信你說。且提去府裏，你自與他對理明白。』喝叫獄卒牢子捉了，『帶他州裏去與祝家分辨。』兩下押番、虞候把李應縛了，衆人簇擁知府上了馬。知府又問道：『那個是杜主管杜興？』杜興道：『小人便是。』知府道：『狀上也有你名。一同帶去，也與他鎖了。』一行人都出莊門。當時拿了李應、杜興，離了李家莊，腳不停地解來。行不過三十餘里，祇見林子邊撞出宋江、林沖、花榮、楊雄、石秀一班人馬，攔住去路。林沖大喝道：『梁山泊好漢合伙在此！』那知府人等不敢抵敵，撇了李應、杜興，逃命去了。宋江喝叫：『趕上！』衆人趕了一程回來，說道：『我們若趕上時，也把這個鳥知府殺了。但自不知去向。』便與李應、杜興解了縛索，開了鎖，便牽兩匹馬過來，與他兩個騎了。宋江便道：『且請大官人上梁山泊躲幾時如何？』李應道：『却是使不得。知府是你們殺了，不干我事。』

宋江笑道：『官司裏怎肯與你如此分辨？我們去了，必然要負累了你。既是大官人不肯落草，且在山寨消停幾日，打聽得没事了時，再下山來不遲。』

當下不由李應、杜興不行，大隊軍馬中間如何回得來。一行三軍人馬，迤邐回到梁山泊了。寨裏頭領晁蓋等衆人擂鼓吹笛，下山來迎接，把了接風酒，都上到大寨裏聚義廳上扇圈也似坐下。請上李應與衆頭領都相見了。兩個講禮已罷，李應稟宋江道：『小可兩個已送將軍到大寨了，既與衆頭領亦都相見了。在此趨侍不妨，衹不知家中老小如何，可教小人下山則個。』吴學究笑道：『大官人差矣。寶眷已都取到山寨了，貴莊一把火已都燒做白地，大官人却回那裏去？』李應不信。早見車仗人馬，隊隊上山來。李應看時，却見是自家的莊客并老小人等。李應連忙來問時，妻子説道：『你被知府捉了來，隨後又有兩個巡檢引着四個都頭，帶領二百來士兵，到來抄扎家私。把我們好好地教上車子，將家裏一應箱籠、牛羊、馬匹、驢騾等項，都拿了去，又把莊院放起火來都燒了。』李應聽罷，衹叫得苦。晁蓋、宋江都下廳伏罪道：『我等弟兄們端的久聞大官人好處，因此行出這條計來，萬望大官人情恕！』李應見了如此言語，衹得隨順了。宋江道：『且請宅眷後廳耳房中安歇。』李應又見廳前廳後這許多頭領，亦有家眷老小在彼，便與妻子道：『衹得依允他過。』宋江等當時請至廳前叙説閑話，衆皆大喜。宋江便取笑道：『大官人，你看我叫過兩個巡檢并那知府過來。』扮知府的是蕭讓，扮巡檢的兩個是戴宗、楊林，扮孔目的是裴宣，扮虞候的是金大堅、侯健。又叫唤那四個都頭，却是李俊、張横、馬麟、白勝。李應都見了，目睜口呆，言語不得。宋江喝叫小頭目快殺牛宰馬與大官人陪話，慶賀新上山的十二位頭領，乃是：李應、孫立、孫新、解珍、解寶、鄒淵、鄒潤、杜興、樂和、時遷、女頭領扈三娘、顧大嫂同樂大娘子、李應宅眷，另做一席在後堂飲酒。正廳上大吹大擂，衆多好漢飲酒至晚方散。

次日又作席面，宋江主張，一丈青與王矮虎作配，結爲夫婦。衆頭領都稱贊宋公明仁德之士。正飲宴間，衹見山下有人來報道：『朱貴頭領酒店裏有個鄆城縣人在那裏，要來見頭領。』晁蓋、宋江聽得報了，大喜道：『既是這恩人上山來入伙，足遂平生之願。』

不知那個人來，有分教：枷梢起處，打翻路柳墻花；大斧落時，殺倒幼童稚子。皆是兩籌好漢恩逢義，一個軍師智隱情。

畢竟來的是鄆城縣什麼人，且聽下回分解。

第五十一回　插翅虎枷打白秀英　美髯公誤失小衙內

此篇爲朱、雷二人合傳。前半忽作香致之調，後半别成跳脱之筆，真是才子腕下，無所不有。

寫雷横孝母，不須繁辭，衹落落數筆，便活畫出一個孝子。寫朱仝不肯做强盗，亦不須繁辭，衹落落數筆，便直提出一副清白肚腸。笑宋江傳中，越説得真切，越哭得悲痛，越顯其忤逆不肖，越要尊朝廷，守父教，矜名節，愛身體，越見其以做强盗爲性命也。人云：寧犯武人刀，莫犯文人筆。信哉！

景之奇幻者，鏡中看鏡。情之奇幻者，夢中圓夢。文之奇幻者，評話中説評話。如豫章城雙漸趕蘇卿，真對妙景，焚妙香，運妙心，伸妙腕，蘸妙墨，落妙紙，成此妙裁也。雖然，不可無一，不可有二。江瑶柱連食，當復口臭，何今之弄筆小兒學之至十百，卒未休也？

豫章城雙漸趕蘇卿，妙絶處正在衹標題目，便使後人讀之，如水中花影，簾裏美人，意中早已分明，眼底正自分明不出。若使當時真盡説出，亦復何味耶？

雷横母曰：『老身年紀六旬之上，眼睜睜地衹看着這個孩兒！』此一語，字字自説母之愛兒，却字字説出兒之事母。何也？夫人老至六十之際，大都百無一能，惟知仰食其子。子與之食，則得食。子不與之食，則不得食者也。子與之衣服錢物，則可以至人之前。子不與之衣服錢物，則不敢以至人之前者也。其眼睜睜地衹看孩兒，政如初生小兒眼睜睜地衹看母乳，豈曰求報，亦其勢則然矣。乃天下之老人，吾每見其垂首向壁，不來眼睜睜地看其孩兒者無他，眼睜睜看一日，而不應，是其心悲可知也。明日又眼睜睜看一日，而又不應，是其心疑可知也。又明日又眼睜睜看一日，而終又不應，是其心夫而後永自决絶，誓于此生不復來看。何者？爲其無益也！今雷横獨令其母眼睜睜地無日不看，然則其日日之承伺顔色，奉接意思爲何如哉！《陳情表》曰：『臣無祖母，無以至今日。祖母無臣，無以終餘年。』雷横之母亦曰：『若是這個孩兒有些好歹，老身性命也便休了！』悲哉，仁孝之聲，讀之如聞夜猿矣！

話説梁山泊聚義廳上，晁蓋、宋江并衆頭領與撲天雕李應陪話，敲牛宰馬，做慶喜筵席，犒賞三軍，并衆大小嘍囉筵宴，置備禮物酬謝。孫立、孫新、解珍、解寶、鄒淵、鄒潤、樂和、顧大嫂俱各撥房安頓。次日，又作席面，會請衆頭領作主張。宋江唤王矮虎來説道：『我當初在清風山時，許下你一頭親事，懸懸挂在心中，不曾完得此願。今日我父親有個女兒，招你爲婿。』宋江自去請出宋太公來，引着一丈青扈三娘到筵前。宋江親自與他陪話，説道：『我這兄弟王英，雖有武藝，不及賢妹。是我當初曾許下他一頭親事，一向未曾成得。今日賢妹你認義我父親了，衆頭領都是媒人，今朝是個良辰吉日，賢妹與王英結爲夫婦。』一丈青見宋江義氣深重，推却不得，兩口兒衹得拜謝了。晁蓋等衆人皆喜，都稱賀宋公明真乃有德有義之士。當日盡皆筵宴，飲酒慶賀。

正飲宴間，衹見朱貴酒店裏使人上山來報道：『林子前大路上一伙客人經過，小嘍囉出去攔截，數内一個稱是鄆城縣都頭雷横。朱頭領邀請住了，現在店裏飲分例酒食，先使小校報知。』晁蓋、宋江聽了大喜，隨即與同軍師吴用三個下山迎接。朱貴早把船送至金沙灘上岸。宋江見了，慌忙下拜道：『久别尊顔，常切雲樹之思。今日緣何經過賤處？』雷横連忙答禮道：『小弟蒙本縣差遣往東昌府公幹，回來經過路口，小嘍囉攔討買路錢，小弟提起賤名，因此朱兄堅意留住。』宋江道：『天與之幸！』請到大寨，教衆頭領都相見了，置酒管待。一連住了五日，每日與宋江閑話。晁蓋動問朱仝消息。雷横答道：『朱仝現今參做本縣當牢節級，新任知縣好生欣喜。』宋江宛曲把話來説雷横上山入伙。雷横推辭：『老母年高，不能相從。待小弟送母終年之後，却來相投。』雷横當下拜辭了下山。宋江等再三苦留不住。衆頭領各以金帛相贈，宋江、晁蓋自不必説。雷横得了一大包金銀下山，衆頭領都送至路口作别，把船渡過大路，自回鄆城縣去了。不在話下。

且説晁蓋、宋江回至大寨聚義廳上，起請軍師吴學究定議山寨職事。吴用已與宋公明商議已定。次日，會合弟自回，快去家裏取了老母，星夜去别處逃難。這裏我自替你吃官司。』雷横道：『小弟走了自不妨，必須要連累了哥哥，恐怕罪犯深重。』朱仝道：『兄弟，你不知。知縣怪你打死了他表子，把這文案却做死了，解到州裏，必是要你償命。我放了你，我須不該死罪。况兼我又無父母挂念，家私盡可賠償。你顧前程萬里自去。』雷横拜謝了，便從後門小路奔回家裏，收拾了細軟包裹，引了老母，星夜自投梁山泊入伙去了。不在話下。

却説朱仝拿着空枷，攛在草裏，却出來對衆小牢子説道：『吃雷横走了，却是怎地好？』衆人道：『我們快趕去他家裏捉！』朱仝故意延遲了半日，料着雷横去得遠了，却引衆人來縣裏出首。朱仝告道：『小人自不小心，路上被雷横走了，在逃無獲，情願甘罪無辭。』知縣本愛朱仝，有心將就出脱他，被白玉喬要赴上司陳告朱仝故意脱放雷横，知縣衹得把朱仝所犯情由申將濟州去。朱仝家中自着人去上州裏使錢透了，却解朱仝到濟州來。當廳審録明白，斷了二十脊杖，刺配滄州牢城。朱仝衹得帶上行枷，兩個防送公人領了文案，押送朱仝上路。家間人自有送衣服盤纏，先賚發了兩個公人。當下離了鄆城縣，迤邐望滄州横海郡來。于路無話。到得滄州，入進城中，投州衙裏來，正值知府升廳。兩個公人押朱仝在廳階下，呈上公文。知府看了，見朱仝一表非俗，貌如重棗，美髯過腹，知府先有八分歡喜。便教：『這個犯人休發下牢城營裏，衹留在本府聽候使唤。』當下除了行枷，便與了回文，兩個公人相辭了自回。

衹説朱仝自在府中，每日衹在廳前伺候呼唤。那滄州府裏押番、虞候、門子、承局、節級、牢子，都送了些人情，又見朱仝和氣，因此上都歡喜他。忽一日，本官知府正在廳上坐堂，朱仝在階侍立。知府唤朱仝上廳問道：『你緣何放了雷横，自遭配在這裏？』朱仝禀道：『小人怎敢故放了雷横，衹是一時間不小心，被他走了。』知府道：『你如何得此重罪？』朱仝道：『被原告人執定要小人如此招做故放，以此問得重了。』知府道：『雷横爲何打死了那娼妓？』朱仝却把雷横上項的事備細説了一遍。知府道：『你敢見他孝道，爲義氣上放了他？』朱仝道：

『小人怎敢欺公罔上。』

正問之間，衹見屏風背後轉出一個小衙内來，方年四歲，生得端嚴美貌，乃是知府親子，知府愛惜如金似玉。那小衙内見了朱仝，徑走過來便要他抱。朱仝衹得抱起小衙内在懷裏。那小衙内雙手扯住朱仝長髯，説道：『我衹要這胡子抱。』知府道：『孩兒快放了手，休要囉唣。』小衙内又道：『我衹要這胡子抱，和我去耍。』朱仝禀道：『小人抱衙内去府前閑走，耍一回了來。』知府道：『孩兒既是要你抱，你和他去耍一回了來。』朱仝抱了小衙内，出府衙前來，買些細糖果子與他吃，轉了一遭，再抱入府裏來。知府看見，問衙内道：『孩兒那裏去來？』小衙内道：『這胡子和我街上看耍，又買糖和果子請我吃。』知府説道：『你那裏得錢買物事與孩兒吃？』朱仝禀道：『微表小人孝順之心，何足挂齒。』知府教取酒來與朱仝吃。府裏侍婢捧着銀瓶果盒，篩酒連與朱仝吃了三大賞鍾。知府道：『早晚孩兒要你耍時，你可自行去抱他耍去。』朱仝道：『恩相臺旨，怎敢有違。』自此爲始，每日來和小衙内上街閑耍。朱仝囊篋又有，衹要本官見喜，小衙内面上，抵自賠費。

時過半月之後，便是七月十五日盂蘭盆大齋之日。年例各處點放河燈，修設好事。當日天晚，堂裏侍婢奶子叫道：『朱都頭，小衙内今夜要去看河燈，夫人分付，你可抱他去看一看。』朱仝道：『小人抱去。』那小衙内穿一領緑紗衫兒，頭上角兒拴兩條珠子頭鬚，從裏面走出來。朱仝馱在肩頭上，轉出府衙内前來，望地藏寺裏去看點放河燈。那時恰才是初更時分，但見：

鐘聲杳靄，幡影招摇。爐中焚百和名香，盤内貯諸般素食。僧持金杵，誦真言薦拔幽魂；人列銀錢，挂孝服超升滯魄。合堂功德，畫陰司八難三塗；繞寺莊嚴，列地獄四生六道。楊柳枝頭分净水，蓮花池内放明燈。

當時朱仝肩背着小衙内，繞寺看了一遭，却來水陸堂放生池邊看放河燈。那小衙内爬在欄干上，看了笑耍。衹見背後有人拽朱仝袖子道：『哥哥借一步説話。』朱仝回頭看時，却是雷横，吃了一驚，便道：『小衙内且下來，坐在這裏，我去買糖來與你吃，切不要走動。」小衙內道：「你快來，我要去橋上看河燈。」朱仝道：「我便來也。」轉身却與雷横説話。

朱仝道：「賢弟因何到此？」雷横扯朱仝到静處，拜道：「自從哥哥救了性命，和老母無處歸着，衹得上梁山泊投奔了宋公明入伙。小弟説哥哥恩德，宋公明亦然思想哥哥舊日放他的恩念，晁天王和衆頭領皆感激不淺，因此特地教吴軍師同兄弟前來相探。」朱仝道：「吴先生見在何處？」背後轉過吴學究道：「吴用在此。」言罷便拜。朱仝慌忙答禮道：「多時不見，先生一向安樂？」吴學究道：「山寨裏衆頭領多多拜意，今番教吴用和雷都頭特來相請足下上山，同聚大義。到此多日了，不敢相見。今夜伺候得着，望仁兄便挪尊步，同赴山寨，以滿晁、宋二公之意。」朱仝聽罷，半晌答應不得，便道：「先生差矣。這話休題，恐被外人聽了不好。雷横兄弟他自犯了該死的罪，我因義氣放了他。上山入伙，出身不得。我亦爲他配在這裏。天可憐見，一年半載掙扎還鄉，復爲良民。我却如何肯做這等的事！你二位便可請回，休在此間惹口面不好。」雷横道：「哥哥在此，無非衹是在人之下，伏侍他人，非大丈夫男子漢的勾當。不是小弟裹合上山，端的晁、宋二公仰望哥哥久矣，休得遲延自誤。」朱仝道：「兄弟，你是什麽言語！你不想我爲你母老家寒上放了你去，今日你倒來陷我爲不義。」吴學究道：「既然都頭不肯去時，我們自告退，相辭了去休。」朱仝道：「説我賤名，上復衆位頭領。」一同出來。

朱仝回來，不見了小衙內，叫起苦來，兩頭没路去尋。雷横扯住朱仝：「哥哥休尋，多管是我帶來的兩個伴當聽得哥哥不肯去，因此倒抱了小衙內去了，我們一處去尋。」朱仝道：「兄弟，不是耍處。這個小衙內是知府相公的性命，分付在我身上。」雷横道：「哥哥且跟我來。」朱仝幫住雷横、吴用，三個離了地藏寺，徑出城外。朱仝心慌，便問道：「你的伴當抱小衙內在那裏？」雷横道：「哥哥且走到我下處，包還你小衙內。」朱仝道：「遲了時，恐知府相公見怪。」吴用道：「我那帶來的兩個伴當是個没分曉的，一定直抱到我們的下處去了。」朱仝道：「你那伴當姓甚名誰？」雷横答道：「我也不認得，衹聽聞叫做黑旋風李逵。」朱仝失驚道：「莫不是江州殺人的李逵麽？」吴用道：「便是此人。」朱仝跌脚叫苦，慌忙便趕。離城走下到二十里，衹見李逵在前面叫道：「我在這裏。」朱仝搶近前來問道：「小衙內放在那裏？」李逵唱個喏道：「拜揖節級哥哥。小衙內有在這裏。」朱仝道：「你好好的抱出小衙內還我。」李逵指着頭上道：「小衙內頭鬚兒却在我頭上。」朱仝看了，又問：「小衙內正在何處？」李逵道：「被我把些麻藥抹在口裏，直馱出城來，如今睡在林子裏，你自請去看。」朱仝乘着月色明朗，徑搶入林子裏尋時，衹見小衙內倒在地上。朱仝便把手去扶時，衹見頭劈做兩半個，已死在那裏。

當時朱仝心下大怒，奔出林子來，早不見了三個人。四下裏望時，衹見黑旋風遠遠地拍着雙斧叫道：「來，來，來！和你鬥二三十合。」朱仝性起，奮不顧身，拽扎起布衫，大踏步趕將來。李逵回身便走，背後朱仝趕來。這李逵却是穿山度嶺慣走的人，朱仝如何趕得上，先自喘做一塊。李逵却在前面，又叫：「來，來，來！和你并個你死我活。」朱仝恨不得一口氣吞了他，衹是趕他不上。趕來趕去，天色漸明。李逵在前面，急趕急走，慢趕慢行，不趕不走。看看趕入一個大莊院裏去了。朱仝看了道：「那厮既有下落，我和他干休不得！」

朱仝直趕入莊院內廳前去，見裏面兩邊都插着許多軍器。朱仝道：「想必也是個官宦之家。」立住了脚，高聲叫道：「莊裏有人麽？」衹見屏風背後轉出一人來。那人是誰？正是：

累代金枝玉葉，先朝鳳子龍孫。丹書鐵券護家門，萬里招賢名振。待客一團和氣，揮金滿面陽春。能文會武孟嘗君，小旋風聰明柴進。

出來的正是小旋風柴進。問道：「兀是誰？」朱仝見那人人物軒昂，資質秀麗，慌忙施禮，答道：「小人是鄆城縣當牢節級朱仝，犯罪刺配到此。昨晚因和知府的小衙內出來看放河燈，被黑旋風殺害小衙內，現今走在貴莊，望煩添力捉拿送官。」柴進道：「既是美髯公，且請坐。」朱仝道：「小人不敢拜問官人高姓？」柴進答道：「小生姓柴名進，小旋風便是。」朱仝道：「久聞大名。」連忙下拜，又道：「不期今日得識尊顏。」柴進説道：「美髯公亦久聞名，且請後堂説話。」朱仝隨着柴進直到裏面。朱仝道：「黑旋風那厮如何却敢徑入貴莊躲避？」柴進道：「容復。小可平生專愛結識江湖上好漢，爲是家間祖上有陳橋讓位之功，先朝曾敕賜丹書鐵券，但有做下不是的人，停藏在家，無人敢搜。近間有個愛友，和足下亦是舊交，目今見在梁山泊做頭領，名唤及時雨宋公明，寫一封密書，令吴學究、雷横、黑旋風俱在敝莊安歇，禮請足下上山，同聚大義。因見足下推阻不從，故意教李逵殺害了小衙内，先絶了足下歸路，衹得上山坐把交椅。吴先生、雷兄，如何不出來陪話？」

衹見吴用、雷横從側首閣子裏出來，望着朱仝便拜，説道：「兄長，望乞恕罪！皆是宋公明哥哥將令分付如此。若到山寨，自有分曉。」朱仝道：「是則是你們弟兄好情意，衹是忒毒些個！」柴進一力相勸。朱仝道：「我去則去，衹教我見黑旋風面罷。」柴進道：「李大哥，你快出來陪話。」李逵也從側首出來，唱個大喏。朱仝見了，心頭一把無明業火高三千丈，按納不下，起身搶近前來，要和李逵性命相搏。柴進、雷横、吴用三個苦死勸住。朱仝道：「若要我上山時，依得我一件事，我便去。」吴用道：「休説一件事，遮莫幾十件也都依你。願聞那一件事？」不争朱仝説出這件事來，有分教：大鬧高唐州，惹動梁山泊。直教招賢國戚遭刑法，好客皇親喪土坑。

畢竟朱仝對柴進等説出什麽事來，且聽下回分解。

第五十二回　李逵打死殷天錫　柴進失陷高唐州

此是柴進失陷本傳也。然篇首朱仝欲殺李逵一段，讀者悉誤認爲前回之尾，而不知此已與前了不相涉，衹是偶借熱鐺，趁作煎餅，順風吹花，用力至便者也。吾嘗言讀書者切勿爲作書者所瞞。如此一段文字，瞞過世人不爲不久。今日忍俊不禁，就此一處道破，當于處處思過半矣，不得以其稗官也而忽之也！

柴皇城妻寫作繼室者，所以深明柴大官人之不得不親往也。以偌大家私之人，而既已無兒無女，乃其妻又是繼室，以此而遭人亡家破之日，其分崩決裂可勝道哉！繼室則年尚少，年尚少而智略不足以御强侮，一也。繼室則來未久，來未久而恩威不足以壓衆心，二也。繼室則其志未定，志未定而外有繼嗣未立，内有帷箔可憂，三也，四也。然則柴大官人即使早知禍患，而欲斂足不往，亦不可得也。

嗟乎！吾觀高廉倚仗哥哥高俅勢要，在地方無所不爲，殷直閣又倚仗姐夫高廉勢要，在地方無所不爲，而不禁愀然出涕也。曰：豈不甚哉！夫高俅勢要，則豈獨一高廉倚仗之而已乎？如高廉者，僅其一也。若高俅之勢要，其倚仗之以無所不爲者，方且百高廉正未已也。乃是百高廉，又當莫不各有殷直閣其人，而每一高廉，豈僅僅于一殷直閣而已乎？如殷直閣者，又其一也。若高廉之勢要，其倚仗之以無所不爲者，又將百殷直閣正未已也。夫一高俅，乃有百高廉，而一一高廉，各有百殷直閣，然則少亦不下千殷直閣矣！是千殷閣也者，每一人又各自養其狐群狗黨二三百人，然則普天之下，其又復有寧宇乎哉！嗚呼，如是者，其初高俅不知也，既而高俅必當知之！夫知之而能痛與戢之，亦可以不至于高俅也。知之而反若縱之甚者，此高俅之所以爲高俅也。

此書極寫宋江權詐，可謂處處敲骨而剔髓矣。其尤妙絶者，如此篇鐵牛不肯爲髯陪話處，寫宋江登時捏撮一片好話，逐句斷續，逐句轉變，風雲在口，鬼蜮生心，不亦怪乎！夫以才如耐庵，即何難爲江撰作一段聯貫通暢之語，而必故爲如是云云者，凡所以深著宋江之窮凶極惡，乃至敢于欺純是赤子之李逵，爲稗史之《檮杌》也。

寫宋江入伙後，每有大事下山，宋江必勸晁蓋：『哥哥山寨之主，不可輕動。』如祝家莊、高唐州，莫不皆然。此作者特表宋江之凶惡，能以權術軟禁晁蓋，而後乃得惟其所欲爲也。何也？蓋晁蓋去，則功歸晁蓋，晁蓋不去，則功歸宋江，一也。晁蓋去，則宋江爲副，衆人悉聽晁蓋之令，晁蓋不去，則宋江爲帥，衆人悉聽宋江之令，二也。大出則其位至尊，入則其功至高，位尊而功高，咄咄乎取第一座有餘矣！此宋江之所以必軟禁晁蓋，而作者深著其窮凶極惡，爲稗史之《梼杌》也。

劫寨乃兵家一試之事也。用兵而至于必劫寨，甚至一劫不中而又再劫，此皆小兒女投擲之戲耳。而今耐庵偏若不得不出于此者，蓋爲欲破高廉，斯不得不遠取公孫，遠取公孫，斯不得不按住高廉。意在楊林之一箭，斯不得不用學究之料劫也。

此篇本叙柴進失陷，然至柴進既陷而又必盛張高廉之神師者，非爲難于搭救柴進，正以便于收轉公孫。所謂墨酣筆疾，其文便連珠而下，梯接而上，正不知虧公孫救柴進，虧柴進歸公孫也。讀書者切勿爲作書者所瞞，此又其一矣。

玄女而真有天書者，宜無不可破之神師也。玄女之天書而不能破神師者，耐庵亦可不及天書者也。今偏要向此等處提出天書，而天書又曾不足以奈何高廉，然則宋江之所謂玄女可知，而天書可知矣。前曰：『終日看習天書。』此又曰：『用心記了咒語。』豈有終日看習而今始記咒語者？明乎前之看習是詐，而今之記咒又詐也。前曰：『可與天機星同觀。』此忽曰：『軍師放心，我自有法。』豈有終日兩人看習，而今吴用盡忘者？明乎前之未嘗同觀，而今之并非獨記也。著宋江之惡至于如此，真出篝火狐鳴下倍蓰矣。

話説當下朱仝對衆人說道：『若要我上山時，你祇殺了黑旋風，與我出了這口氣，我便罷。』李逵聽了大怒道：『教你咬我鳥！晁、宋二位哥哥將令，干我屁事！』朱仝怒發，又要和李逵厮并。三個又勸住了。朱仝道：『若有黑旋風時，我死也不上山去！』柴進道：『恁地也却容易，我自有個道理，祇留下李大哥在我這裏便了。你們三個自上山去，以滿晁、宋二公之意。』朱仝道：『如今做下這件事了，知府必然行移文書去鄆城縣追捉，拿我家小，如之奈何？』吴學究道：『足下放心，此時多敢宋公明已都取寶眷在山上了。』朱仝方才有些放心。柴進置酒相待，就當日送行。三個臨晚辭了柴大官人便行。柴進叫莊客備三騎馬，送出關外。臨別時，吴用又分付李逵道：『你且小心，祇在大官人莊上住幾時，切不可胡亂惹事累人。待半年三個月，等他性定，却來取你還山。多管也來請柴大官人入伙。』三個自上馬去了。

不説柴進和李逵回莊。且祇説朱仝隨吴用、雷横來梁山泊入伙。行了一程，出離滄州地界，莊客自騎了馬回去。三個取路投梁山泊來。于路無話。早到朱貴酒店裏，先使人上山寨報知。晁蓋、宋江引了大小頭目，打鼓吹笛，直到金沙灘迎接。一行人都相見了，各人乘馬回到山上大寨前下了馬，都到聚義廳上，叙説舊話。朱仝道：『小弟今蒙呼喚到山，滄州知府必然行移文書去鄆城縣捉我老小，如之奈何？』宋江大笑道：『我教長兄放心，尊嫂并令郎已取到這裏多日了。』朱仝又問道：『現在何處？』宋江道：『奉養在家父宋太公歇處，兄長請自己去問慰便了。』朱仝大喜。宋江着人引朱仝直到宋太公歇所，見了一家老小并一應細軟行李。妻子説道：『近日有人賫書來説，你已在山寨入伙了，因此收拾，星夜到此。』朱仝出來拜謝了衆人。宋江便請朱仝、雷横山頂下寨。一面且做筵席，連日慶賀新頭領，不在話下。

却説滄州知府至晚不見朱仝抱小衙内回來，差人四散去尋了半夜。次日，有人見殺死在林子裏，報與知府知道。府尹聽了大怒，親自到林子裏看了，痛哭不已，備辦棺木燒化。次日升廳，便行移公文，諸處緝捕，捉拿朱仝正身。鄆城縣已自申報朱仝妻子挈家在逃，不知去向。行開各州縣，出給賞錢捕獲，不在話下。

祇説李逵在柴進莊上，住了一月之間，忽一日見一個人賫一封書急急奔莊上來。柴大官人却好迎着，接書看了，大驚道：『既是如此，我祇得去走一遭。』李逵便問道：『大官人，有甚緊事？』柴進道：『我有個叔叔柴皇城，現在高唐州居住。今被本州知府高廉的老婆兄弟殷天錫那廝來要占花園，慪了一口氣，卧病在床，早晚性命不保。必有遺囑的言語分付，特來喚我。想叔叔無兒無女，必須親身去走一遭。』李逵道：『既是大官人去時，我也跟大官人去走一遭如何？』柴進道：『大哥肯去時，就同走一遭。』柴進即便收拾行李，選了十數匹好馬，帶了幾個莊客。次日五更起來，柴進、李逵并從人都上了馬，離了莊院，望高唐州來。

來到高唐州，入城直至柴皇城宅前下馬，留李逵和從人在外面廳房內。柴進自徑入卧房裏來，看視那叔叔柴皇城時，但見：

面如金紙，體似枯柴。悠悠無七魄三魂，細細祇一絲兩氣。牙關緊急，連朝水米不沾唇；心膈膨脹，盡日藥丸難下腹。隱隱耳虛聞磬響，昏昏眼暗覺螢飛。六脉微沈，東岳判官催使去；一靈縹緲，西方佛子喚同行。喪門吊客已臨身，扁鵲盧醫難下手。

柴進看了柴皇城，自坐在叔叔卧榻前，放聲慟哭。皇城的繼室出來勸柴進道：『大官人鞍馬風塵不易，初到此間，且省煩惱。』柴進施禮罷，便問事情。繼室答道：『此間新任知府高廉，兼管本州兵馬，是東京高太尉的叔伯兄弟，倚仗他哥哥勢要，在這裏無所不爲。帶將一個妻舅殷天錫來，人盡稱他做殷直閣。那廝年紀却小，又倚仗他姐夫高廉的權勢，在此間横行害人。有那等獻勤的賣科，對他說我家宅後有個花園水亭，蓋造的好。那廝帶將許多詐奸不及的三二十人，徑入家裏，來宅子後看了，便要發遣我們出去，他要來住。皇城對他說道：「我家是金枝玉葉，有先朝丹書鐵券在門，諸人不許欺侮。你如何敢奪占我的住宅？赶我老小那裏去？」那廝不容所言，定要我們出屋。皇城去扯他，反被這廝推搶毆打，因此受這口氣，一卧不起，飲食不吃，服藥無效，眼見得上天遠，入地近。今日得大官人來家做個主張，便有些山高水低，也更不憂。』柴進答道：『尊嬸放心，祇顧請好醫士調治叔叔。但有門户，小侄自使人回滄州家裏去取丹書鐵券來，和他理會。便告到官府，今上御前，也不怕他。』繼室道：『皇城幹事全不濟事，還是大官人理論得是。』

柴進看視了叔叔一回，却出來和李逵并帶來人從說知備細。李逵聽了，跳將起來說道：『這廝好無道理！我有大斧在這裏，教他吃我幾斧，却再商量。』柴進道：『李大哥，你且息怒，没來由和他粗滷做什麼？他雖是倚勢欺人，我家放着有護持聖旨。這裏和他理論不得，須是京師也有大似他的，放着明明的條例，和他打官司。』李逵道：『條例，條例！若還依得，天下不亂了！我祇是前打後商量。那廝若還去告，和那鳥官一發都砍了。』柴進笑道：『可知朱仝要和你廝并，見面不得。這裏是禁城之内，如何比得你山寨裏横行。』李逵道：『禁城便怎地！江州無軍馬？偏我不曾殺人？』柴進道：『等我看了頭勢，用着大哥時，那時相央。無事祇在房裏請坐。』正說之間，裏面侍妾慌忙來請大官人看視皇城。

柴進入到裏面卧榻前，祇見皇城閣着兩眼淚，對柴進說道：『賢侄志氣軒昂，不辱祖宗。我今日被殷天錫毆死，你可看骨肉之面，親賫書往京師攔駕告狀，與我報仇。九泉之下，也感賢侄親意。保重，保重！再不多囑！』言罷，便放了命。柴進痛哭了一場。繼室恐怕昏暈，勸住柴進道：『大官人，煩惱有日，且請商量後事。』柴進道：『誓書在我家裏，不曾帶得來，星夜教人去取，須用將往東京告狀。叔叔尊靈，且安排棺椁盛殮，成了孝服，却再商量。』柴進教依官制備辦内棺外椁，依禮鋪設靈位，一門穿了重孝，大小舉哀。李逵在外面聽得堂裏哭泣，自己磨拳擦掌慣氣。問從人都不肯說。宅裏請僧修設好事功果。

至第三日，祇見這殷天錫騎着一匹攛行馬，將引閑漢三二十人，手執彈弓、川弩、吹筒、氣球、拈竿、樂器，城外游玩了一遭，帶五七分酒，佯醉假顛，徑來到柴皇城宅前，勒住馬，叫裏面管家的人出來說話。柴進聽得說，挂着一身孝服，慌忙出來答應。那殷天錫在馬上問道：『你是他家什麼人？』柴進答道：『小可是柴皇城親侄柴進。』

殷天錫道：『我前日分付道，教他家搬出屋去，如何不依我言語？』柴進道：『便是叔叔卧病，不敢移動。夜來已自身故，待斷七了搬出去。』殷天錫道：『放屁！我祇限你三日，便要出屋！三日外不搬，先把你這厮枷號起，先吃我一百訊棍！』柴進道：『直閣休恁相欺！我家也是龍子龍孫，放着先朝丹書鐵券，誰敢不敬？』殷天錫喝道：『你將出來我看！』柴進道：『現在滄州家裏，已使人去取來。』殷天錫大怒道：『這厮正是胡説！便有誓書鐵券，我也不怕！左右，與我打這厮！』

衆人却待動手，原來黑旋風李逵在門縫裏都看見，聽得喝打柴進，便拽開房門，大吼一聲，直搶到馬邊，早把殷天錫揪下馬來，一拳打翻。那二三十人却待搶他，被李逵手起，早打倒五六個，一哄都走了。李逵拿殷天錫提起來，拳頭脚尖一發上。柴進那裏勸得住。看那殷天錫時，嗚呼哀哉，伏惟尚饗。有詩爲證：

慘刻侵謀倚横豪，豈知天憲竟難逃。李逵猛惡無人敵，不見閻羅不肯饒。

李逵將殷天錫打死在地，柴進祇叫得苦，便教李逵且去後堂商議。柴進道：『眼見得便有人到這裏，你安身不得了。官司我自支吾，你快走回梁山泊去。』李逵道：『我便走了，須連累你。』柴進道：『我自有誓書鐵券護身，你便快走，事不宜遲。』李逵取了雙斧，帶了盤纏，出後門自投梁山泊去了。

不多時，祇見二百餘人，各執刀杖槍棒，果來圍住柴皇城家。柴進見來捉人，便出來説道：『我同你們府裏分訴去。』衆人先縛了柴進，便入家裏搜捉行凶黑大漢，不見，祇把柴進綁到州衙内，當廳跪下。知府高廉聽得打死了他的舅子殷天錫，正在廳上咬牙切齒忿恨，祇待拿人來。早把柴進驅翻在廳前階下，高廉喝道：『你怎敢打死了我殷天錫！』柴進告道：『小人是柴世宗嫡派子孫，家門有先朝太祖誓書鐵券，現在滄州居住。爲是叔叔柴皇城病重，特來看視，不幸身故，見今停喪在家。殷直閣將帶三二十人到家，定要趕逐出屋，不容柴進分説，喝令衆人毆打，被莊客李大救護，一時行凶打死。』高廉喝道：『李大現在那裏？』柴進道：『心慌逃走了。』高廉道：『他是個莊客，不得你的言語，如何敢打死人！你又故縱他逃走了，却來瞞昧官府。你這厮，不打如何肯招！牢子下手，加力與我打這厮！』柴進叫道：『莊客李大救主，誤打死人，非干我事。放着先朝太祖誓書，如何便下刑法打我？』高廉道：『誓書有在那裏？』柴進道：『已使人回滄州去取來也。』高廉大怒，喝道：『這厮正是抗拒官府！左右，腕頭加力，好生痛打！』衆人下手，把柴進打得皮開肉綻，鮮血迸流，祇得招做『使令莊客李大打死殷天錫』，取面二十五斤死囚枷釘了，發下牢裏監收。殷天錫尸首檢驗了，自把棺木殯葬，不在話下。這殷夫人要與兄弟報仇，教丈夫高廉抄扎了柴皇城家私，監禁下人口，占住了房屋園院。柴進自在牢中受苦。

却説李逵連夜逃回梁山泊，到得寨裏，來見衆頭領。朱仝一見李逵，怒從心上起，惡向膽邊生，掣條樸刀，徑奔李逵。黑旋風拔出雙斧，便鬥朱仝。晁蓋、宋江并衆頭領一發向前勸住。宋江與朱仝陪話道：『前者殺了小衙内，不干李逵之事，却是軍師吳學究因請兄長不肯上山，一時定的計策。今日既到山寨，便休記心，祇顧同心協助，共興大義，休教外人耻笑。』便叫李逵兄弟與朱仝陪話。李逵睁着怪眼，叫將起來，説道：『他直恁般做得起！我也多曾在山寨出氣力，他又不曾有半點之功，却怎地倒教我陪話！』宋江道：『兄弟，却是你殺了小衙内。雖是軍師嚴令，論齒序，他也是你哥哥。且看我面，與他伏個禮，我却是拜你便了。』李逵吃宋江央及不過，便道：『我不是怕你，爲是哥哥逼我，没奈何了，與你陪話。』李逵吃宋江逼住了，祇得撇了雙斧，拜了朱仝兩拜。朱仝方才消了這口氣。山寨裏晁頭領且教安排筵席，與他兩個和解。

李逵説：『柴大官人因去高唐州看親叔叔柴皇城病癥，却被本州高知府妻舅殷天錫要奪屋宇花園，毆罵柴進。吃我打死了殷天錫那厮。』宋江聽罷，失驚道：『你自走了，須連累柴大官人吃官司。』吳學究道：『兄長休驚。等戴宗回山，便有分曉。』李逵問道：『戴宗哥哥那裏去了？』吳用道：『我怕你在柴大官人莊上惹事不好，特地教他來喚你回山。他到那裏不見你時，必去高唐州尋你。』説言未絶，祇見小校來報：『戴院長回來了。』宋江便去迎接，到來堂上坐下，便問柴大官人一事。戴宗答道：「去到柴大官人莊上，已知同李逵投高唐州去了。逕奔那裏去打聽，祇見滿城人傳説殷天錫因爭柴皇城莊屋，被一個黑大漢打死了。現今負累了柴大官人陷于縲紲，下在牢裏。柴皇城一家人口家私盡都抄扎了。柴大官人性命早晚不保。」晁蓋道：「這個黑廝又做出來了，但到處便惹口面。」李逵道：「柴皇城被他打傷慪氣死了，又來占他房屋，又喝教打柴大官人，便是活佛也忍不得！」晁蓋道：「柴大官人自來與山寨有恩，今日他有危難，如何不下山去救他。我親自去走一遭。」宋江道：「哥哥是山寨之主，如何使得輕動。小可和柴大官人舊來有恩，情願替哥哥下山。」吳學究道：「高唐州城地雖小，人物稠穰，軍廣糧多，不可輕敵。煩請林沖、花榮、秦明、李俊、呂方、郭盛、孫立、歐鵬、楊林、鄧飛、馬麟、白勝十二個頭領，部引馬步軍兵五千作前隊先鋒。中軍主帥宋公明、吳用，并朱仝、雷横、戴宗、李逵、張横、張順、楊雄、石秀十個頭領，部引馬步軍兵三千策應。」共該二十二位頭領，辭了晁蓋等衆人。前部已離山寨，中軍主將宋江、吳用督并人馬，望高唐州進發。端的好整齊，但見：

綉旗飄號帶，畫角間銅鑼。三股叉、五股叉，燦燦秋霜；點鋼槍、蘆葉槍，紛紛瑞雪。蠻牌遮路，强弓硬弩當先；火炮隨車，大戟長戈擁後。鞍上將似南山猛虎，人人好鬥偏爭；坐下馬如北海蒼龍，騎騎能衝敢戰。端的槍刀流水急，果然人馬撮風行。

梁山泊前軍已到高唐州地界，亦有軍卒報知高廉。高廉聽了，冷笑道：「你這伙草賊在梁山泊窩藏，我兀自要來剿捕你。今日你倒來就縛，此是天教我成功。左右快傳下號令，整點軍馬，出城迎敵，着那衆百姓上城守護。」這高知府上馬管軍，下馬管民，文武兩全。一聲號令下去，那帳前都統、監軍、統領、統制，提轄軍職一應官員，各各部領軍馬，就教場裏點視已罷，諸將便擺布出城迎敵。高廉手下有三百體己軍士，號爲飛天神兵，一個個都是山東、河北、江西、湖南、兩淮、兩浙選來的精壯好漢。那三百飛天神兵怎生結束？但見：

頭披亂髮，腦後撒一把烟雲；身挂葫蘆，背上藏千條火焰。黄抹額齊分八卦，豹皮甲盡按四方。熟銅面具似金裝，鑌鐵滾刀如掃帚。掩心鎧甲，前後竪兩面青銅；照眼旌旗，左右列千層黑霧。疑是天蓬離鬥府，正如月孛下雲衢。

那知府高廉引了三百神兵，披甲背劍，上馬出到城外，把部下軍官周回列成陣勢，却將三百神兵列在中軍，摇旗呐喊，擂鼓鳴金，祇等敵軍到來。却説林沖、花榮、秦明引領五千人馬到來，兩軍相迎，旗鼓相望，各把强弓硬弩射住陣脚。兩軍中吹動畫角，發起擂鼓。花榮、秦明帶同十個頭領，都到陣前，把馬勒住。頭領林沖横丈八蛇矛，躍馬出陣，厲聲高叫：「高唐州納命的出來！」高廉把馬一縱，引着三十餘個軍官，都出到門旗下，勒住馬，指着林沖罵道：「你這伙不知死的叛賊，怎敢直犯俺的城池！」林沖喝道：「你這個害民的强盗！我早晚殺到京師，把你那廝欺君賊臣高俅碎尸萬段，方是願足！」高廉大怒，回頭問道：「誰人出馬先捉此賊去？」軍官隊裏轉出一個統制官，姓于名直，拍馬輪刀竟出陣前。林沖見了，逕奔于直。兩個戰不到五合，于直被林沖心窩裏一蛇矛刺着，翻筋斗攧下馬去。高廉見了大驚，「再有誰人出馬報仇？」軍官隊裏又轉出一個統制官，姓温雙名文寶，使一條長槍，騎一匹黄驃馬，鑾鈴響，珂珮鳴，早出到陣前，四隻馬蹄蕩起征塵，直奔林沖。秦明見了，大叫：「哥哥稍歇，看我立斬此賊。」林沖勒住馬，收了點鋼矛，讓秦明戰温文寶。兩個約鬥十合之上，秦明放個門户，讓他槍搠進來，手起棍落，把温文寶削去半個天靈，死于馬下，那匹馬跑回本陣去了。兩陣軍相對，齊呐聲喊。

高廉見連折二將，便去背上掣出那口太阿寶劍來，口中念念有詞，喝聲道：「疾！」祇見高廉隊中卷起一道黑氣。那道氣散至半空裏，飛砂走石，撼地摇天，刮起怪風，逕掃過對陣來。林沖、花榮等衆將對面不能相顧，驚得那坐下馬亂攛咆哮，衆人回身便走。高廉把劍一揮，指點那三百神兵從陣裏殺將出來。背後官軍協助，一掩過來。趕得林沖等軍馬星落雲散，七斷八續，呼兄喚弟，覓子尋爺，五千軍兵，折了一千餘人，直退回五十里下寨。高廉見人馬退去，也收了本部軍兵，入高唐州城裏安下。

却說宋江中軍人馬到來，林沖等接着，具說前事。宋江、吳用聽了大驚。與軍師道：「是何神術，如此利害？」吳學究道：「想是妖法。若能回風返火，便可破敵。」宋江聽罷，打開天書看時，第三卷上有回風返火破陣之法。宋江大喜，用心記了咒語并秘訣。整點人馬，五更造飯吃了，摇旗擂鼓，殺奔城下來。

有人報入城中，高廉再點了得勝人馬并三百神兵，開放城門，布下吊橋，出來擺成陣勢。宋江帶劍縱馬出陣前，望見高廉軍中一簇皂旗。吳學究道：「那陣内皂旗，便是使神師計的軍兵。但恐又使此法，如何迎敵？」宋江道：「軍師放心，我自有破陣之法。諸軍衆將勿得驚疑，祇顧向前殺去。」高廉分付大小將校：「不要與他强敵挑鬥。但見牌響，一齊并力擒獲宋江，我自有重賞。」兩軍喊聲起處，高廉馬鞍鞽上挂着那面聚獸銅牌，上有龍章鳳篆，手裏拿着寶劍，出陣前。宋江指着高廉罵道：「昨夜我不曾到，兄弟們誤折一陣。今日我必要把你誅盡殺絶！」高廉喝道：「你這伙反賊，快早早下馬受縛，省得我腥手污脚！」言罷，把劍一揮，口中念念有詞，喝聲道：「疾！」黑氣起處，早卷起怪風來。宋江不等那風到，口中也念念有詞，左手捏訣，右手把劍一指，喝聲道：「疾！」那陣風不望宋江陣裏來，倒望高廉神兵隊裏去了。宋江却待招呼人馬，殺將過去。高廉見回了風，急取銅牌，把劍敲動，向那神兵隊裏卷一陣黄砂，就中軍走出一群猛獸。但見：

狻猊舞爪，獅子摇頭。閃金獬豸逞威雄，奮錦貔貅施勇猛。豺狼作對，吐獠牙直奔雄兵；虎豹成群，張巨口來噬劣馬。帶刺野猪衝陣入，卷毛惡犬撞人來。如龍大蟒撲天飛，吞象頑蛇鑽地落。

高廉銅牌響處，一群怪獸毒蟲，直衝過來。宋江陣裏衆多人馬驚呆了。宋江撇了劍，撥回馬先走，衆頭領簇捧着盡都逃命。大小軍校，你我不能相顧，奪路而走。高廉在後面把劍一揮，神兵在前，官軍在後，一齊掩殺將來。宋江人馬，大敗虧輸。高廉趕殺二十餘里，鳴金收軍，城中去了。宋江來到土坡下，收住人馬，扎下寨栅。雖是損折了些軍卒，却喜衆頭領都有。屯住軍馬，便與軍師吳用商議道：「今番打高唐州，連折了兩陣，無計可破神兵，如之奈何？」吳學究道：「若是這厮會使神師計，他必然今夜要來劫寨，可先用計提備。此處祇可屯扎些少軍馬，我等去舊寨内駐扎。」宋江傳令：「祇留下楊林、白勝看寨，其餘人馬，退去舊寨内將息。」

且說楊林、白勝引人離寨半里草坡内埋伏，等到一更時分，但見：

雲生四野，霧漲八方。摇天撼地起狂風，倒海翻江飛急雨。雷公忿怒，倒騎火獸逞神威；電母生嗔，亂掣金蛇施聖力。大樹和根拔去，深波徹底卷幹。若非灌口斬蛟龍，疑是泗州降水母。

當夜風雷大作。楊林、白勝引着三百餘人，伏在草裏看時，祇見高廉步走，引領三百神兵，吹風唿哨殺入寨裏來。見是空寨，回身便走。楊林、白勝吶聲喊。高廉祇怕中了計，四散便走，三百神兵各自奔逃。楊林、白勝亂放弩箭，祇顧射去，一箭正中高廉左背。衆軍四散，冒雨趕殺。高廉引領了神兵，去得遠了。楊林、白勝人少，不敢深入。少刻雨過雲收，復見一天星斗。月光之下，草坡前搠翻射死拿得神兵二十餘人，解赴宋公明寨内，具説雷雨風雲之事。宋江、吳用見說，大驚道：「此間祇隔得五里遠近，却又無雨無風。」衆人議道：「正是妖法。祇在本處，離地祇有三四十丈，雲雨氣味，是左近水泊中攝將來的。」楊林說：「高廉也自披髮仗劍，殺入寨中，身上中了我一弩箭，回城中去了。爲是人少，不敢去追。」宋江分賞楊林、白勝，把拿來的中傷神兵斬了。分撥衆頭領下了七八個寨栅，團繞大寨，提備再來劫寨。一面使人回山寨取軍馬協助。

且說高廉自中了箭，回到城中養病，令軍士：「守護城池，曉夜提備，且休與他厮殺。待我箭瘡平復起來，捉宋江未遲。」

却說宋江見折了人馬，心中憂悶，和軍師吳用商量道：「祇這個高廉尚且破不得，倘或别添他處軍馬，并力來劫，如之奈何？』吳學究道：『我想要破高廉妖法，衹除非依我如此如此。若不去請個人來，柴大官人性命也是難救，高唐州城子永不能得。』宋江又問道：『軍師，這個人是誰？』吳學究說出這個人來，正是：要除起霧興雲法，須請通天徹地人。

畢竟軍師吳學究當下要請誰，且聽下回分解。

第五十三回　戴宗智取公孫勝　李逵斧劈羅真人

此篇純以科諢成文，是傳中另又一樣筆墨。然在讀者，則必須略其科諢，而觀其意思。何則？蓋科諢，文章之惡道也。此傳之間一爲之者，非其未能免俗而聊復爾爾，亦其意思真有甚异于人者也。何也？蓋傳中既有公孫，自不得不又有高廉。夫特生高廉以襯出公孫也，乃今不向此時盛顯其法術，不且虛此一番周折乎哉！然而盛顯法術，固甚難矣。不張皇高廉，斯無以張皇公孫也。顧張皇高廉以張皇公孫，而斯兩人者，争奇鬥异，至于牛蛇神鬼，且將無所不有，斯則與彼《西游》諸書又何以异？此耐庵先生所義不爲也。吾聞文章之家，固有所謂避實取虛之法矣。今兹略于破高廉，而詳于取公孫，意者其用此法與？然業已略于高廉，而詳于公孫，則何不并略公孫，而特詳于公孫之師？蓋所謂避實取虛之法，至是乃爲極盡其變，而李大哥特以妙人見借，助成局段者也。是故凡李大哥插科打諢，皆所以襯出真人。襯出真人，正所以襯出公孫也。若不知作者意思如此，而徒李大哥科諢之是求，此真東坡所謂士俗不可醫，吾未如之何也。

此篇又處處用對鎖作章法，乃至一字不换，皆惟恐讀者墮落科諢一道去故也。

此篇如拍桌濺面一段，不省說甚一段，皆作者嘔心失血而得，不得草草讀過。

話說當下吳學究對宋公明說道：『要破此法，衹除非快教人去薊州尋取公孫勝來，便可破得高廉。』宋江道：『前番戴宗去了幾時，全然打聽不着，却那裏去尋？』吳用道：『衹說薊州，有管下多少縣治、鎮市、鄉村，他須不曾尋得到。我想公孫勝他是個清高的人，必然在個名山洞府，大川真境居住。今番教戴宗可去繞薊州管下縣治名山仙境去處，尋覓一遭，不愁不見他。』宋江聽罷，隨即教請戴院長商議，可往薊州尋取公孫勝。戴宗道：『小可願往，衹是得一個做伴的去方好。』吳用道：『你作起神行法來，誰人趕得你上？』戴宗道：『若是同伴的人，我也把甲馬拴在他腿上，教他也走得許多路程。』李逵便道：『我與戴院長做伴走一遭。』戴宗道：『你若要跟我去，須要一路上吃素，都聽我的言語。』李逵道：『這個有甚難處，我都依你便了。』宋江、吴用分付道：『路上小心在意，休要惹事。若得見了，早早回來。』李逵道：『我打死了殷天錫，却教柴大官人吃官司，我如何不要救他！今番并不敢惹事了。』戴宗、李逵各藏了暗器，拴縛了包裹，兩個拜了宋江并衆人，離了高唐州，取路投薊州來。

走了三十餘里，李逵立住脚道：『大哥，買碗酒吃了走也好。』戴宗道：『你要跟我作神行法，須要衹吃素酒，且向前面去。』李逵答道：『便吃些肉也打什麽緊？』戴宗道：『你又來了。今日已晚，且尋客店宿了，明日早行。』兩個又走了三十餘里，天色昏黑，尋着一個客店歇了，燒起火來做飯，沽一角酒來吃。李逵搬一碗素飯并一碗菜湯，來房裏與戴宗吃。戴宗道：『你如何不吃飯？』李逵應道：『我且未要吃飯哩。』戴宗尋思道：『這廝必然瞞着我背地裏吃葷。』戴宗自把素飯吃了，却悄悄地來後面張時，見李逵討兩角酒，一盤牛肉，在那裏自吃。戴宗道：『我説什麽！且不要道破他，明日小小的耍他耍便了。』戴宗自去房裏睡了。李逵吃了一回酒肉，恐怕戴宗説他，自暗暗的來房裏睡了。

到五更時分，戴宗起來，叫李逵打火做些素飯吃了，各分行李在背上，算還了房宿錢，離了客店。行不到二里多路，戴宗説道：『我們昨日不曾使神行法，今日須要趕程途，你先把包裹拴得牢了，我與你作法，行八百里便住。』戴宗取四個甲馬，去李逵兩隻腿上也縛了，分付道：『你前面酒食店裏等我。』戴宗念念有詞，吹口氣在李逵腿上，李逵拽開脚步，渾如駕雲的一般，飛也似去了。戴宗笑道：『且着他忍一日餓！』戴宗也自拴上甲馬，隨後趕來。李逵不省得這法，衹道和他走路一般。衹聽耳朵邊風雨之聲，兩邊房屋樹木一似連排價倒了的，脚底下如雲催霧趲。李逵怕將起來，幾遍待要住脚，兩條腿那裏收拾得住。這脚却似有人在下面推的相似，脚不點地，衹管得走去了。看見酒肉飯店，又不能夠入去買吃。李逵衹得叫：『爺爺，且住一住！』看看走到紅日平西，肚裏又飢又渴，越不能夠住脚，驚得一身臭汗，氣喘做一團。戴宗從背後趕來，叫道：『李大哥，怎的不買些點心吃了去？』李逵應道：『哥哥，救我一救！餓殺鐵牛也！』戴宗懷裏摸出幾個炊餅來自吃。李逵叫道：『我不能夠住脚買吃，你與兩個充飢。』戴宗道：『兄弟，你走上來與你吃。』李逵伸着手，衹隔一丈來遠近，衹趕不上。李逵叫道：『好哥哥，等我一等！』戴宗道：『便是今日有些蹺蹊，我的兩條腿也不能夠住。』李逵道：『阿也！我的這鳥脚，不由我半分，自這般走了去，衹好把大斧砍了那下半截下來！』戴宗道：『衹除是恁的般方好，不然直走到明年正月初一日，也不能住。』李逵道：『好哥哥，休使道兒耍我！砍了腿下來，你却笑我！』戴宗道：『你敢是昨夜不依我，今日連我也走不得住。你自走去。』李逵叫道：『好爺爺！你饒我住一住！』戴宗道：『我的這法第一不許吃葷并吃牛肉，若還吃了一塊牛肉，衹要走十萬里方才得住。』李逵道：『却是苦也！我昨夜不合瞞着哥哥，真個偷買幾斤牛肉吃了。正是怎麽好！』戴宗道：『怪得今日連我的這腿也收不住。衹用去天盡頭走一遭了，慢慢地却得三五年方才回得來。』李逵聽罷，叫起撞天屈來。

戴宗笑道：『你從今已後衹依得我一件事，我便罷得這法。』李逵道：『老爹，我今都依你便了。』戴宗道：『你如今敢再瞞我吃葷麽？』李逵道：『今後但吃時，舌頭上生碗來大疔瘡！我見哥哥要吃素，鐵牛却吃不得，因此上瞞着哥哥。今後并不敢了。』戴宗道：『既是恁的，饒你這一遍。』退後一步，把衣袖去李逵腿上衹一拂，喝聲：『住！』李逵却似釘住了的一般，兩隻脚立定地下，那移不動。戴宗道：『我先去，你且慢慢的來。』李逵正待抬脚，那裏移得動，拽也拽不起，一似生鐵鑄就了的。李逵大叫道：『又是苦也！晚夕怎地得去？』便叫道：『哥哥，救我一救！』戴宗轉回頭來，笑道：『你今番依我説麽？』李逵道：『你是我親爺，却是不敢違了你的言語。』戴宗道：『你今番却要依我。』便把手綰了李逵，喝聲：『起！』兩個輕輕地走了去。李逵道：『哥哥可憐見鐵牛，早歇了罷！』前面到一個客店，兩個且來投宿。戴宗、李逵入到房裏，去腿上都卸下甲馬來，取出幾陌紙錢燒送了。問李逵道：『今番却如何？』李逵道：『這兩條腿方才是我的了。』戴宗道：『誰着你夜來私買酒肉吃！』李逵道：

『爲是你不許我吃葷，偷了些吃，也吃你要得我夠了！』

戴宗叫李逵安排些素酒素飯吃了，燒湯洗了脚，上床歇了。睡到五更，起來洗漱罷，吃了飯，還了房錢，兩個又上路。行不到三里多路，戴宗取出甲馬道：『兄弟，今日與你衹縛兩個，教你慢行些。』李逵道：『我不要縛了。』戴宗道：『你既依我言語，我和你幹大事，如何肯弄你？你若不依我，教你一似夜來，衹釘住在這裏，衹等我去薊州尋見了公孫勝，回來放你。』李逵慌忙叫道：『我依，我依！』戴宗與李逵當日各衹縛兩個甲馬，作起神行法，扶着李逵，兩個一同走。原來戴宗的法，要行便行，要住便住。李逵從此那裏敢違他言語，于路上衹是買些素酒素飯，吃了便行。李逵方才放心。次日，兩個入城來。戴宗扮做主人，李逵扮做僕者。繞城中尋了一日，并無一個認得公孫勝的。兩個自回店裏歇了。次日，又去城中小街狹巷尋了一日，絶無消耗。李逵心焦，駡道：『這個乞丐道人却鳥躲在那裏！我若見時，腦揪將去見哥哥！』戴宗瞅道：『你又來了！若不聽我的言語，我又教你吃苦！』李逵笑道：『我自這般説耍。』戴宗又埋怨了一回，李逵不敢回話。兩個又來店裏歇了。

次日早起，都去城外近村鎮市尋覓。戴宗但見老人，便施禮拜問公孫勝先生家在那裏居住，并無一人認得。戴宗也問過數十處。當日晌午時分，兩個走得肚飢，路旁邊見一個素面店，兩個直入來買些點心吃。衹見裏面都坐滿，没一個空處。戴宗、李逵立在當路。過賣問道：『客官要吃面時，和這老人合坐一坐。』戴宗見個老丈獨自一個占着一副大座頭，便與他施禮，唱個喏，兩個對面坐了。李逵坐在戴宗肩下。分付過賣造四個壯面來。戴宗道：『我吃一個，你吃三個不少麽？』李逵道：『不濟事，一發做六個來，我都包辦！』過賣見了也笑。等了半日，不見把面來，李逵却見都搬入裏面去了，心中已有五分焦躁。衹見過賣却搬一個熱面放在合坐老人面前，那老人也不謙讓，拿起面來便吃。那分面却熱，老兒低着頭，伏桌兒吃。李逵性急，見不搬面來，叫一聲：『過賣！』駡道：『却教老爺等了這半日！』把那桌子衹一拍，濺那老人一臉熱汁，那分面都潑翻了。老兒焦躁，便來揪住李逵喝道：

『你是何道理打翻我面！』李逵拈起拳頭，要打老兒。

戴宗慌忙喝住。與他陪話道：『丈丈休和他一般見識，小可陪丈丈一分面。』那老人道：『客官不知，老漢路遠，早要吃了面回去聽講長生不死之法，遲時誤了程途。』戴宗問道：『丈丈何處人氏？却聽誰人講説長生不死之法？』老兒答道：『老漢是本處薊州管下九宫縣二仙山下人氏。因來這城中買些好香，回去聽山上羅真人講説長生不死之法。』戴宗尋思道：『莫不公孫勝也在那裏？』便問老人道：『丈丈貴莊曾有個公孫勝麽？』老人道：『客官問别人定不知，多有人不認的他。老漢和他是鄰舍。他衹有個老母在堂。這個先生一向雲游在外，此時唤做公孫一清。如今出姓，都衹叫他清道人，不叫做公孫勝。此是俗名，無人認得。』戴宗道：『正是踏破鐵鞋無覓處，得來全不費工夫！』戴宗又拜問丈丈道：『九宫縣二仙山離此間多少路？清道人在家麽？』老人道：『二仙山衹離本縣四十五里便是。清道人他是羅真人上首徒弟，他本師如何放他離左右。』戴宗聽了大喜，連忙催趲面來吃，和那老兒一同吃了，算還面錢，同出店肆，問了路途。戴宗道：『丈丈先行，小可買些香紙，也便來也。』老人作别去了。

戴宗、李逵回到客店裏，取了行李包裹，再拴上甲馬，離了客店，兩個取路投九宫縣二仙山來。戴宗使起神行法，四十五里片時到了。二人來到縣前，問二仙山時，有人指道：『離縣投東，衹有五里便是。』兩個又離了縣治，投東而行，果然行不到五里，早望見那座仙山，委實秀麗。但見：

青山削翠，碧岫堆雲。兩崖分虎踞龍蟠，四面有猿啼鶴唳。朝看雲封山頂，暮觀日挂林梢。流水潺湲，澗內聲聲鳴玉佩；飛泉瀑布，洞中隱隱奏瑤琴。若非道侶修行，定有仙翁煉藥。

當下戴宗，李逵來到二仙山下。見個樵夫，戴宗與他施禮説道：『借問此間清道人家在何處居住？』樵夫指道：『衹過這個山嘴，門外有條小石橋的便是。』兩個抹過山嘴來，見有十數間草房，一周遭矮墻，墻外一座小小石橋。兩個來到橋邊，見一個村姑提一籃新果子出來。戴宗施禮問道：『娘子從清道人家出來，清道人在家麽？』村姑答道：

『在屋後煉丹。』戴宗心中暗喜。分付李逵道：『你且去樹背後躲一躲，待我自入去見了他，却來叫你。』戴宗自入到裏面看時，一帶三間草房，門上懸挂一個蘆簾。戴宗咳嗽了一聲，衹見一個婆婆從裏面出來。戴宗看那婆婆，但見：

蒼然古貌，鶴髮酡顏。眼昏似秋月籠烟，眉白如曉霜映日。青裙素服，依稀紫府元君；布襖荆釵，仿佛驪山老姥。形如天上翔雲鶴，貌似山中傲雪鬆。

戴宗當下施禮道：『告禀老娘，小可欲求清道人相見一面。』婆婆問道：『官人高姓？』戴宗道：『小可姓戴名宗，從山東到此。』婆婆道：『孩兒出外雲游，不曾還家。』戴宗道：『小可是舊時相識，要說一句緊要的話，求見一面。』婆婆道：『不在家裏。有甚話說，留下在此不妨，待回家自來相見。』戴宗道：『小可再來。』就辭了婆婆，却來門外對李逵道：『今番須用着你。方才他娘說道不在家裏，如今你可去請他。他若說不在時，你便打將起來。却不得傷犯他老母，我來喝住你便罷。』

李逵先去包裹裏取出雙斧，插在兩胯下，入的門裏，叫一聲：『着個出來！』婆婆慌忙迎着問道：『是誰？』見了李逵睜着雙眼，先有八分怕他，問道：『哥哥有甚話說？』李逵道：『我是梁山泊黑旋風，奉着哥哥將令，教我來請公孫勝。你教他出來，佛眼相看；若還不肯出來，放一把鳥火，把你家當都燒做白地。莫言不是。早早出來！』婆婆道：『好漢莫要恁地。我這裏不是公孫勝家，自唤做清道人。』李逵道：『你衹叫他出來，我自認得他鳥臉！』婆婆道：『出外雲游未歸。』李逵拔出大斧，先砍翻一堵壁。婆婆向前攔住。李逵道：『你不叫你兒子出來，我衹殺了你！』拿起斧來便砍，把那婆婆驚倒在地。衹見公孫勝從裏面走將出來，叫道：『不得無禮！』有詩爲證：

李逵巨斧白如霜，驚得婆婆命欲亡。幸得戴宗來救護，公孫方肯出中堂。

戴宗便來喝道：『鐵牛如何嚇倒老母！』戴宗連忙扶起。李逵撇了大斧，便唱個喏道：『阿哥休怪，不恁地你不肯出來。』公孫勝先扶娘入去了，却出來拜請戴宗、李逵，邀進一間静室坐下，問道：『虧二位尋得到此。』戴宗道：『自從師父下山之後，小可先來薊州尋了一遍，并無打聽處，衹糾合得一伙弟兄上山。今次宋公明哥哥因去高唐州救柴大官人，致被知府高廉兩三陣用妖法贏了，無計奈何，衹得叫小可和李逵徑來尋請足下。繞遍薊州，并無尋處，偶因素面店中，得個此間老丈指引到此。却見村姑說足下在家燒煉丹藥，老母衹是推却，因此使李逵激出師父來。這個太莽了些，望乞恕罪。哥哥在高唐州界上度日如年，請師父便可行程，以見始終成全大義之美。』公孫勝道：『貧道幼年飄蕩江湖，多與好漢們相聚。自從梁山泊分别回鄉，非是昧心，一者母親年老，無人奉侍；二乃本師羅真人留在座前聽教。恐怕山寨有人尋來，故意改名清道人，隱居在此。』戴宗道：『今者宋公明正在危急之際，師父慈悲，衹得去走一遭。』公孫勝道：『干礙老母無人養贍，本師羅真人如何肯放，其實去不得了。』戴宗再拜懇告。公孫勝扶起戴宗，說道：『再容商議。』公孫勝留戴宗、李逵在凈室裏坐定，出來叫個莊客安排些素酒素食相待。

三個吃了一回，戴宗又苦苦哀告公孫勝道：『若是師父不肯去時，宋公明必被高廉捉了。山寨大義，從此休矣！』公孫勝道：『且容我去禀問本師真人，若肯容許時，便一同去。』戴宗道：『衹今便去啓問本師。』公孫勝道：『且寬心住一宵，明日早去。』戴宗道：『哥哥在彼一日，如度一年。煩請師父同往一遭。』公孫勝便起身引了戴宗、李逵離了家裏，取路上二仙山來。此時已是秋殘冬初時分，日短夜長，容易得晚。來到半山腰，却早紅輪西墜。松陰裏面一條小路，直到羅真人觀前，見有朱紅牌額上寫三個金字，書着『紫虚觀』。三人來到觀前，看那二仙山時，果然是好座仙境。但見：

青松鬱鬱，翠柏森森。一群白鶴聽經，數個青衣碾藥。青梧翠竹，洞門深鎖碧窗寒；白雪黄芽，石室雲封丹竈暖。野鹿銜花穿徑去，山猿擎果引雛來。時聞道士談經，每見仙翁論法。虚皇壇畔，天風吹下步虚聲；禮斗殿中，鶯背忽來環珮韵。秖此便爲真紫府，更于何處覓蓬萊。

三人就着衣亭上，整頓衣服，從廊下入來，徑投殿後松鶴軒裏去。兩個童子看見公孫勝領人入來，報知羅真人。傳法旨，教請三人入來。當下公孫勝引着戴宗、李逵到松鶴軒內，正值真人朝真才罷，坐在雲床上養性。公孫勝向前行禮起居，躬身侍立。戴宗、李逵看那羅真人時，端的有神游八極之表。但見：

星冠攢玉葉，鶴氅縷金霞。神清似長江皓月，貌古似泰華喬松。踏魁罡朱履步丹霄，歌步虛琅函浮瑞氣。長髯廣頰，修行到無漏之天；碧眼方瞳，服食造長生之境。三島十洲騎鳳往，洞天福地抱琴游。高餐沆瀣，静品鸞笙。正是：三更步月鸞聲遠，萬里乘雲鶴背高。都仙太史臨凡世，廣惠真人住世間。

戴宗當下見了，慌忙下拜。李逵衹管着眼看。羅真人問公孫勝道：「此二位何來？」公孫勝道：「便是昔日弟子曾告我師，山東義友是也。今爲高唐州知府高廉顯逞异術，有兄宋江特令二弟來此呼喚。弟子未敢擅便，故來禀問我師。」羅真人道：「吾弟子既脱火坑，學煉長生，何得再慕此境？自宜慎重，不可妄爲。」戴宗再拜道：「容乞暫請公孫先生下山，破了高廉，便送還山。」羅真人道：「二位不知，此非出家人閑管之事。汝等自下山去商議。」

公孫勝衹得引了二人，離了松鶴軒，連晚下山來。李逵問道：「那老仙先生説什麼？」戴宗道：「你偏不聽得？」李逵道：「便是不省得這般鳥則聲。」戴宗道：「便是他的師父説道，教他休去。」李逵聽了，叫起來道：「教我兩個走了許多路程，千難萬難尋見了，却放出這個屁來！莫要引老爺性發，一隻手捻碎你這道冠兒，一隻手提住腰胯，把那老賊倒直撞下山去！」戴宗瞅着道：「你又要釘住了脚？」李逵道：「不敢，不敢！説一聲兒耍。」

三個再到公孫勝家裏，當夜安排些晚飯吃了。公孫勝道：「且權宿一宵，明日再去懇告本師。若肯時，便去。」戴宗至夜，叫了安置，兩個收拾行李，都來净室裏睡了。兩個睡到三更左側，李逵悄悄地爬將起來，聽得戴宗齁齁的睡着。自己尋思道：「却不是幹鳥氣麽！你原是山寨裏人，却來問什麽鳥師父！明朝那厮又不肯，却不誤了

哥哥的大事！我忍不得了，衹是殺了那個老賊道，教他没問處，衹得和我去。」

李逵當時摸了兩把板斧，悄悄地開了房門，乘着星月明朗，一步步摸上山來。到得紫虚觀前，却見兩扇大門關了。旁邊籬墻苦不甚高，李逵騰地跳將過去，開了大門，一步步摸入裏面來。直至松鶴軒前，衹聽隔窗有人看誦玉樞寶經之聲。李逵爬上來舐破窗紙張時，見羅真人獨自一個坐在雲床上，面前桌兒上燒着一爐名香，點起兩枝畫燭，朗朗誦經。李逵道：「這賊道却不是當死！」一踅，踅過門邊來，把手衹一推，呀地兩扇亮槅齊開。李逵搶將入去，提起斧頭，便望羅真人腦門上劈將下來，砍倒在雲床上，流出白血來。李逵看了，笑道：「眼見的這賊道是童男子身，頤養得元陽真氣，不曾走瀉，正没半點的紅。」李逵再仔細看時，連那道冠兒劈做兩半，一顆頭直砍到項下。李逵道：「今番且除了一害，不煩惱公孫勝不去。」便轉身出了松鶴軒，從側首廊下奔將出來。衹見一個青衣童子攔住李逵，喝道：「你殺了我本師，待走那裏去！」李逵道：「你這個小賊道，也吃我一斧！」手起斧落，把頭早砍下臺基邊去。二人都被李逵砍了。李逵笑道：「衹好撒開！」徑取路出了觀門，飛也似奔下山來。到得公孫勝家裏，閃入來，閉上了門，净室裏聽戴宗時，兀自未覺。李逵依然原又去睡了。直到天明，公孫勝起來，安排早飯，相待兩個吃了。戴宗道：「再請先生同引我二人上山懇告真人。」李逵聽了，暗暗地冷笑。

三個依原舊路，再上山來。入到紫虚觀裏松鶴軒中，見兩個童子。公孫勝問道：「真人何在？」道童答道：「真人坐在雲床上養性。」李逵聽説，吃了一驚，把舌頭伸將出來，半日縮不入去。三個揭起簾子入來看時，見羅真人坐在雲床上中間。李逵暗暗想道：「昨夜莫非是錯殺了？」羅真人便道：「汝等三人又來何幹？」戴宗道：「特來哀告我師慈悲，救取衆人免難。」羅真人道：「這黑大漢是誰？」戴宗答道：「是小可義弟，姓李名逵。」真人笑道：「本待不教公孫勝去，看他的面上，教他去走一遭。」戴宗拜謝。李逵自暗暗尋思道：「那厮知道我要殺他，却又鳥説！」

祇見羅真人道：『我教你三人片時便到高唐州如何？』三個謝了。戴宗尋思：『這羅真人又强似我的神行法。』真人喚道童取三個手帕來。戴宗道：『上告我師，却是怎生教我們便能夠到高唐州？』羅真人便起身：『都跟我來。』三個人隨出觀門外石岩上來。先取一個紅手帕鋪在石上，道：『吾弟子可登。』公孫勝雙脚踏在上面。羅真人把袖一拂，喝聲道：『起！』那手帕化做一片紅雲，載了公孫勝，冉冉騰空便起，離山約有二十餘丈，羅真人喝聲：『住！』那片紅雲不動。却鋪下一個青手帕，教戴宗踏上，喝聲：『起！』那手帕却化作一片青雲，載了戴宗，起在半空裏去了。那兩片青紅二雲，如蘆席大，起在天上轉。李逵看得呆了。羅真人却把一個白手帕，鋪在石上，喚李逵踏上。李逵笑道：『却不是耍！若跌下來，好個大疙瘩！』羅真人道：『你見二人麽？』李逵立在手帕上。羅真人喝一聲：『起！』那手帕化做一片白雲，飛將起去。李逵叫道：『阿也！我的不穩，放我下來！』羅真人把右手一招，那青紅二雲，平平墜將下來。戴宗拜謝，侍立在面前。公孫勝侍立在左手。李逵在上面叫道：『我也要撒尿撒屎，你不着我下來，我劈頭便撒下來也！』羅真人問道：『我等自是出家人，不曾惱犯了你，你因何夜來越墻而過，入來把斧劈我？若是我無道德，已被殺了。又殺了我一個道童。』李逵道：『不是我，你敢錯認了！』羅真人笑道：『雖然祇是砍了我兩個葫蘆，其心不善，且教你吃些磨難。』把手一招，喝聲：『去！』一陣惡風，把李逵吹入雲端裏。祇見兩個黄巾力士押着，李逵耳邊祇聽得風雨之聲，不覺徑到薊州地界，唬得魂不着體，手脚摇戰。忽聽得刮剌剌地響一聲，却從薊州府廳屋上骨碌碌滚將下來。

當日正值府尹馬士弘坐衙，廳前立着許多公吏人等。看見半天裏落下一個黑大漢來，衆皆吃驚。馬知府見了，叫道：『且拿這厮過來。』當下十數個牢子獄卒，把李逵驅至當面。馬府尹喝道：『你這厮是那裏妖人？如何從半天裏吊將下來？』李逵吃跌得頭破額裂，半晌説不出話來。馬知府道：『必然是個妖人！』教去取些法物來。牢子、節級將李逵捆翻，驅下廳前草地裏。一個虞候掇一盆狗血，劈頭一淋；又一個提一桶尿糞來，望李逵頭上直澆到脚底下。李逵口裏、耳朵裏都是尿屎。李逵叫道：『我不是妖人，我是跟羅真人的伴當。』原來薊州人都知道羅真人是個現世的活神仙，因此不肯下手傷他，再驅李逵到廳前。早有吏人稟道：『這薊州羅真人是天下有名的得道活神仙，若是他的從者，不可加刑。』馬府尹笑道：『我讀千卷之書，每聞今古之事，未見神仙有如此徒弟，即系妖人。牢子，與我加力打那厮！』衆人祇得拿翻李逵，打得一佛出世，二佛涅槃。馬知府喝道：『你那厮快招了妖人，便不打你！』李逵祇得招做『妖人李二』。取一面大枷釘了，押下大牢裏去。李逵來到死囚獄裏，説道：『我是直日神將，如何枷了我？好歹教你這薊州一城人都死！』那押牢節級、禁子，都知羅真人道德清高，誰不欽服，都來問道：『你這個端的是什麽人？』李逵道：『我是羅真人親隨直日神將，因一時有失，惡了真人，把我撇在此間，教我受些苦難，三兩日必來取我。你們若不把些酒食來將息我時，我教你們衆人全家都死！』那節級、牢子見了他説，倒都怕他，祇得買酒買肉請他吃。李逵見他們害怕，越説起風話來。牢裏衆人越怕了，又將熱水來與他洗浴了，换些乾净衣裳。李逵道：『若還缺了我酒食，我便飛了去，教你們受苦！』牢裏禁子祇得倒陪告他。李逵陷在薊州牢裏不提。

且説羅真人把上項的事，一一説與戴宗。戴宗祇是苦苦哀告，求救李逵。羅真人留住戴宗在觀裏宿歇，動問山寨裏事務。戴宗訴説晁天王、宋公明仗義疏財，專祇替天行道，誓不損害忠臣烈士、孝子賢孫、義夫節婦，許多好處。羅真人聽罷甚喜。一住五日。戴宗每日磕頭禮拜，求告真人，乞救李逵。羅真人道：『這等人祇可驅除了罷，休帶回去。』戴宗告道：『真人不知，這李逵雖然愚蠢，不省理法，也有些小好處。第一，耿直，分毫不肯苟取于人。第二，不會阿諂于人，雖死其忠不改。第三，并無淫欲邪心，貪財背義，敢勇當先。因此宋公明甚是愛他。不争没了這個人，回去教小可難見兄長宋公明之面。』羅真人笑道：『貧道已知這人是上界天殺星之數，爲是下土衆生作業太重，故罰他下來殺戮。吾亦安肯逆天，壞了此人，祇是磨他一會。我叫取來還你。』戴宗拜謝。